风吹麦浪

李静雯 绘/著

山东城市出版传媒集团·济南出版社

图书在版编目（CIP）数据

风吹麦浪 / 李静雯绘、著. —济南：济南出版社，2023.5
　ISBN 978-7-5488-5641-2

　Ⅰ.①风…　Ⅱ.①李…　Ⅲ.①散文集–中国–当代　Ⅳ.①I267

中国国家版本馆CIP数据核字（2023）第070955号

出 版 人	田俊林
选题策划	胡长粤
责任编辑	刘秋娜
朗　　读	于　娟
装帧设计	胡大伟

风吹麦浪　　李静雯　绘/著

出版发行	济南出版社
地　　址	济南市市中区二环南路1号（250002）
发行电话	（0531）67817923　82924885
	86131701　86018273
经　　销	各地新华书店
印　　刷	山东联志智能印刷有限公司
版　　次	2023年5月第1版第1次印刷
成品尺寸	145mm×210mm　　32开
印　　张	7.25
字　　数	120千
定　　价	46.00元

（济南版图书，如有印装质量问题，请与印刷厂联系调换）

序

这是一本在公交车上写成的书。

上班的路程一大半在济南经十路上,每天公交往返三个多小时。2018年底,挚友褚殷超说,你文笔不错,你也开个公众号写文章吧。推辞了几次,终是拗不过。加上零售户经常说,姐,你这辈子白瞎了。于是,微信公众号"白瞎了姐"诞生了。最终,"被迫营业"。公众号文章也成为《风吹麦浪》这本书的雏形。

因公务缠身,没有大块的时间写,于是来回三个多小时的公交时间成了写作的最佳选择。在车的走走停停中,思绪常常被点燃,又恐遗漏了,只好东一句西一句戳在手机备忘录里。最忘我的时候,三天有六次坐过了站,其中一次从单位一口气坐到了终点站,距离我该换乘的地方已经十多里开外了。第一篇文章发出去,人是忐忑的。我和褚殷超打赌,阅读量能过百我请她吃饭。结果当天晚上阅读量破千,公众号后台大量的读者留言接踵而来。对于只写纯文学作品的新号来讲,算是奇迹了。

《父亲援藏的日子》上中下三篇,每一篇都是几天几夜熬出来的,其间只喝了点水,胡乱塞了几口吃的,一边写一边泪流不止。为幼年辍学的自己而哭,为苦难的亲人而哭,为援藏做出巨大牺牲的老师而哭。往事不堪回首。我想做的,只是在时光的洪流中结绳记事。

《风吹麦浪》由20篇散文组成,有金黄的麦田,卖水的阿婆,编席打鱼的运河人家,远去的亲人,治愈了整个童年的胭脂花,还有古桥、运河、老树、童谣……慢时光里的记忆碎片被文字串联起来,组成一幕幕蒙太奇画面,让人穿越过往,笑里含泪。

有读者每篇都写推文转发,并写下精妙的评语;有读者边读边哭,向我倾诉对旧时光的怀念;甚至有读者看到我写的故乡,像莉香去找完治的家乡一样一路打听着寻去……我压抑多年的情感突然得到了莫大的慰藉和共鸣。他们懂我,理解我,更在以后的岁月里坚定地支持着我,哪怕后来因为种种原因不得不几个月才更一篇,依然不离不弃。我知道的年龄最大的读者朋友已是耄耋之年,为了追看文章,老年机换成了智能机,硬生生自己学会了用微信。数位援藏干部和老师,每次看到援藏篇章,还是忍不住流泪,仿佛又走进了那段艰辛岁月,又回到了心心念念的高原。

感谢山东省政协原副主席李殿魁、许立全,省社科联原副主席、党组书记刘致福,山东省广电局原一级巡视员孙杏林,山东省文旅厅副厅长王炳春、处长禚柏红,北京大学教授、博导王长松,山东大学文学院副院长马兵,济南市槐荫区政协原主席徐宾,山东大学教授、博导贺立华,淮北师范大学教授张秉政,山东省作协副主席、《山东文学》主编刘玉栋,《大众日报》社主任记者杨润勤,微山籍作家胡昭穆、张九韶、殷宪恩等人的一路支持和真挚鼓励,感谢济南出版社相关工作人员的几经奔波、音频录制者于娟的全力相助,感谢许许多多我最爱的读者朋友,因为有了你们,才有了这本小书的结集出版。

总有人迎着时代前行,又总有人站在历史的尘埃中静静回望……

来,让我们一起在《风吹麦浪》中回到旧时光,回到故乡,看云卷云舒,尝人间烟火,愿孤独的我们在这里得到些许的温暖。

李静雯

2023 年谷雨

目 录

旧事漫谈

悠长的石板街，诚恳纯净的白衣少年，氤氲中的街头小店，行人稀少的小火车站，传递爱意的车马、书信、日色、精美的铁锁，旧时光的美好生活片段，就在字里行间画卷般呈现。

- 003 读书那些事儿
- 012 父亲援藏的日子
- 043 从前慢
- 054 少年锦时
- 063 运河岸边有人家
- 078 回望八十年代

万物可爱

想起故乡，每个人心里都有一样东西，可能是村头一棵年年开花的老槐树，一个上百年的石臼，一位乡人，一片麦田，几间老屋，纵横的阡陌，一弯流淌不息的河流……

- 093 风吹麦浪
- 103 那些歌儿
- 110 萱草花开
- 117 慢时光里的夏日花事
- 128 那些画儿
- 134 苦楝树 故乡树

目　录

人间烟火

新雪初霁的大路上，走亲戚的多如蝼蚁。挑担步行的、骑自行车的、拉地排车的、开农用车的，三五成群，南来北往，川流不息，像百姓集体徒步。那是民间正月里最喜庆美好的原风景。

143　一晃经年 世间多味
155　年味消失在时光深处
168　吆喝声声
181　太和汤闲话
188　看戏
196　鞋
204　『赶喜』人
214　走亲戚

旧事漫谈

悠长的石板街,诚恳纯净的白衣少年,氤氲中的街头小店,行人稀少的小火车站,传递爱意的车马、书信、日色、精美的铁锁,旧时光的美好生活片段,就在字里行间画卷般呈现。

读书那些事儿

在古代，娱乐活动少，漫漫长夜实在难熬，做些什么呢？唯有读书。为了读书，匡衡凿壁偷光，车胤囊萤，孙康映雪，孙敬头悬梁，苏秦锥刺股，董仲舒三年不窥园，管宁割席分坐。范文正公对自己更狠，每天煮一锅米粥，搁置一夜让其凝固，用刀划成四块，就着点烂咸菜，每顿吃一块。

爷爷与老舍先生

爷爷也是个酷爱读书的人。

二十世纪二十年代，发生过两次直奉战争。一场战争过后，败军丢下很多尸体逃命而去，附近的百姓蜂拥至战场抢拾被丢弃的金银细软。人流中有位白衣少年，对金银财宝视而不见，只要看到书，就紧紧抱在怀里。那天傍晚，他竟然捡到了《孙子兵法》《三国演义》《水浒传》等名著。

这位少年是我的爷爷。

有了书，爷爷就找块草地看到天昏地暗。老奶奶四处找他，寻见了，揪着耳朵往家走。爷爷笑嘻嘻地跟着，一边抖落书中夹着的草叶。那些藏在书中的草儿，知晓爷爷读书的快乐。

下雨了，草地没法躺，爷爷就钻进扬子江边的棺材里读书。棺材是那些还没去世、家境富裕的人为自己百年后准备的，被放置在江壁挖出的洞中。谁能想到，下面巨浪翻滚，江壁的棺材里，一个少年躺着，正忘我地沉醉在书的海洋。

爷爷成年后依然酷爱读书，这和他在重庆与老舍先生的交往有很大关系。抗日战争时期，爷爷在国民政府兵工署总务处任职，负责抗战军需用品的发放。

兵工署在重庆北碚，与老舍先生任职的编译馆是近邻。当时，老舍先生还主持中华全国文艺界抗敌协会的工作，任常务理事、总务组长，并组织出版会刊《抗战文艺》。

　　酷爱读书的爷爷最喜欢找老舍先生聊天。有段时间，两人几乎天天见面，喝喝茶，聊聊文学和艺术，借书、还书，一起吃顿饭。老舍先生长爷爷十几岁，两人的名字，一个带春字，一个带秋字。一见面，先一句"老舍先生"，后一句"剑秋先生"，相视一笑。人生难得一知己，龙门阵摆起。

　　年轻的爷爷爱玩闹，喜欢拿着东西让老舍先生闭着眼睛猜。老舍先生摸来摸去，总能猜准。有一次，爷爷看老舍先生情绪不高，就想逗逗他。正是盛夏，人们都穿得少，爷爷学济公偷偷从大腿上搓了点灰，弄成个小泥丸，让老舍先生猜是什么东西。结果还是猜中了，惹得老舍先生哈哈大笑。那是战争年代少有的欢愉时刻。

　　我想，老舍先生之所以喜欢和爷爷交往，是把其看作了解社会、体验生活、放松心情的一种方式。而对于爷爷来说，他见识到一位大文豪的亲切、正直、幽默、热爱生活的多面形象，并从中深受影响和教育。晨昏雨晴，这些，都成了爷爷后半生的宝贵精神财富。

父亲与《骆驼祥子》

爷爷爱书，对父亲影响很大。父亲读的第一本长篇小说，是当年老舍先生送给爷爷的《骆驼祥子》。

1957 年，微山湖发大水，微山境内方圆几百里一片汪洋，父亲一家被政府迁移到济南章丘的曹庄村。1958 年，全家返回微山，被安排在火神庙暂住。火神庙是微山祭奠火神的地方，年久失修，已有些破败。庙门口有个石墩子，成了父亲看书学习的专属之地。

1959 年，父亲读小学三年级，爷爷觉得他有阅读能力了，就把珍藏多年的《骆驼祥子》拿出来给他看。父亲被老舍先生的语言艺术深深吸引，萌发了当作家的梦想。

"文革"时，父亲所在的中学也受到波及。学校的图书室被砸了，图书或被烧或被当成废品拉到采购站卖掉，剩下的无人看管。一天，父亲的发小蒋正义找来说："趁晚上天黑，咱们去找点书看。"两个少年生平第一次去"偷书"。提着心吊着胆，最后，父亲只拿了老舍先生的创作谈《出口成章》和《小花朵集》。

回家后，父亲把那两本书递给爷爷。爷爷没说话，双手接过书，两眼含泪进了屋，半天没出来。

彼时，老舍先生已投湖自尽。

浪一首，浪一首

二十世纪八十年代初，人们能吃饱饭了。"仓廪实而知礼节"，全国掀起了读书热，文学青年成为最受欢迎的群体。

1979年，顾城写下了"黑夜给了我黑色的眼睛／我却用它寻找光明"。诗句被15岁的北大新生海子看到了，海子喜欢得不得了，也开始动笔写诗，18岁名满天下。

诗人们管诗歌朗诵叫"浪诗"。兴致来了，就放下酒杯："来，浪一首，浪一首。"整个八十年代，人们都陶醉在文学的海洋里。

多年后，具有江湖气质的作家野夫横空出现。他的《身边的江湖》的序中写道：

> 八十年代的混混也比今天逼格要高。他们看谁不顺眼便一脚踹翻，地上那位爬起来说，兄台身手这么好，想必也是写得一手好诗吧。

文学梦想生根发芽

受父亲影响，我也酷爱读书。

除了买各种书，父亲还自费订阅了多年的《人民文学》《小说月报》《中篇小说选刊》《十月》《收获》《作品与争鸣》《民间文学》《散文》等文学期刊。那时我正好到了父亲看《骆驼祥子》的年龄，家里数不清的藏书和这些文学期刊对我的人生观影响很大。四年级刚开学时写的作文，题目叫《我的理想》。我在作文里长篇大论地写下了我长大后要当作家的梦想。语文老师特意把我叫到办公室，摸着我的脑袋鼓励我。

文学的梦想执拗地在我幼小的心田里生根发芽，慢慢长出了枝叶和花儿。

当年，小说《红高粱》在《作品与争鸣》上发表，文后还有几篇对该文的评论文章。我读得津津有味，对那个叫莫言的作者产生了兴趣。没想到，1987年，小说《红高粱》被拍成电影。学校包场观看，出了影院，一群女生叽叽喳喳，几个小男生在身后大声唱着："妹妹你大胆地往前走啊，往前走！莫回呀头……"

我看书看到憨痴愣傻，妹妹送我外号"大憨子"。只要是带字的，不管啥内容，我都拿来看看。上厕所前必须找本书拿着，绝不能空手进去。有一次临进去前只摸到半张报纸，我愣是把那张纸片上的每一个字都仔细看完了，包括报缝的小广告，还找出俩错字。

家人要是找不到我了，母亲就会淡定地说："保准又在厕所看书呢，进去两个多小时了。"

10岁，我看完了中国四大名著。那时看不懂啊，在我眼里，黛玉就是个爱耍小性子的小心眼儿，我给她起了个外号叫"爱生气"。我给小伙伴讲《红楼梦》，就用"爱生气"称呼黛玉。

同年，我在一家国家级作文报上刊登了一篇作文，得到20元稿费。这简直是一笔巨款从天而降！那时爸爸一个月工资才34.5元。攥着那20元钱，我兴奋了好久。

中学时期，我想尽一切办法偷看书，下课看，走路看，半夜拿手电筒躲被窝里看一整夜不睡觉，为此没少挨骂挨揍。

大学阶段，学业没那么重了，读书"变本加厉"。晚上没课，我哪儿都不去，就在学校阅览室里待着。一套《平凡的世界》，舍不得一口气看完，自己限制页数，一天看50页，夹上书签。阅览室关门了就回宿舍接着看。来了灵感，就点着蜡烛在蚊帐里写文章。

几年中,我的蚊帐被烧了七八个洞。最高产时,我在《齐鲁晚报》副刊版一周发表了3篇散文。寒暑假回家坐公交车,好多人在看报纸。我低头一看,那人看的正是我写的文章。我指着报纸说,这篇是我写的。

毕业离校时,打包回家,4个大箱子,有3个装着我买的书。

后　记

这个年代,已经少有人像二十世纪八九十年代的人那样,捧着纸质的《星星》或《中篇小说选刊》,临窗夜读;这个年代,也少有人再像我当年一样,守着"三洋"收录机,听乔榛朗读巴勃罗·聂鲁达的诗《你的微笑》。

那年,北岛在散文《波兰来客》中写道:

> 那时我们有梦,关于文学,关于爱情,关于穿越世界的旅行。如今我们深夜饮酒,杯子碰到一起,都是梦破碎的声音。

但我知道,从诗歌年代走过来,饱经沧桑却又饱读诗书的我们，文学气息早已浸染骨髓。虽每天忙着苟且，依然还会被文字的温暖触动灵魂。我们青春不再，灵魂依然生动，向往美好；我们青春不再，眼神依然清澈，仰望星空。

未长夜痛哭者，不足以语人生。但请相信，每一场痛哭，都只是坚强者奋起前的铺垫。爱读书的人，就像一朵花儿，不管被供于高台，还是长于阡陌，都能开出属于他的芬芳。

文字即刀剑，人间即江湖。有了书，天下可任往矣。

父亲援藏的日子

远走高原

一

1980年7月8日,正是高考的第二天,刚过而立之年的爸爸要出远门了。

那天,院子里站满了前来送行的亲朋好友,大家面色凝重,像是要生离死别。

我只知道,爸爸要去很远很远的地方,也许好几天都不回来,也许更久,谁知道呢,没有人告诉我他要去哪里。弟弟看到院子里来了很多人,兴奋地在人群中钻来钻去。男人们张罗着招呼前来送行的人,女人们在屋里守着妈妈,几个年长的老太太陪着奶奶。我不太明白要发生什么事,想哭,又不敢哭。妹妹还不会走路,被人架着胳膊,一点点往前挪步。小姨也来了,怕我和弟弟哭闹,一手牵着一个,要带我们去商店买糖。弟弟一听有糖吃,拽着小姨的胳膊让她走快点。我却不想去,满院子人凝重的表情冲掉了糖的诱惑。

我挣脱小姨的手,撒腿往家跑。到了家门口,听到几个大人在小声议论:听说去了那里十有八九回不来了,老李家人怎么想的,儿子多也不能让老三去送死啊!要真有个三长两短,这娘四个可怎么活呀?

我狠狠地瞪了他们一眼,往屋里跑。妈妈躺在床上,眼泪无声地流。我拉了拉妈妈的胳膊,拉不动,又去找毛巾给她擦泪,她哭得更厉害了。无助中,我又走到院子里。奶奶拿了一个罐头瓶,给爸爸装到行李箱里,里面装满了土:"玲丫仔,你肠胃不好,如果到了那里水土不服,就捏点咱老家的土,放碗里,冲点水,喝了就好了……"奶奶说不下去了。院子里静得出奇,没有一个说话的。天真热啊。

教育局送来了一个很大的四方形的木箱子,作为送行的礼物。箱子实在太大了,根本无法运往西藏,只好留在家里。此后多年,这个箱子成了我们家放被褥衣服的地方,也成了孩子们捉迷藏最喜欢的藏身之处。

下午两点多钟,教育局派车来接爸爸,终于还是要走了。车子启动了,院子里送行的人追着汽车跑,像送葬一样,一片哭声。爸爸满脸焦急地透过车窗寻找妈妈的身影——妈妈没出来告别,还躺在床上哭。

人群逐渐散去。

过了不到一个小时,爸爸竟然又骑着自行车急急忙忙地回来了!我很惊喜,又有些得意:那些大人都有毛病,我爸爸这不很快就回来了,还说什么死啊死的,哼,吓唬谁呢!

我迎上去:"爸爸,妈妈一直在哭。"爸爸把自行车往墙边一靠,直奔里屋。

"你怎么又回来了?"

"我不放心你。教育局在等高考卷子,还有点时间,我就借了辆自行车回来看一眼。"

"你去吧,我不拦你……我还年轻,苦点、累点都不怕。只要你能平安回来,比什么都好……"爸爸张了张嘴,什么都没说。他摸了摸我的头,骑车走了。我一直追到大路上,看着那个身影逐渐消失在路的尽头。蝉在路边的杨树上拼命叫着,叫得我有些恍惚。我不知道,这次分别后,我再听到爸爸的声音,再见到爸爸，已经是整整两年后的夏天。

此后的两年中，每当我想爸爸的时候，脑子里都是那个炎热的下午，耳边的蝉鸣声响啊响，好像在告诉我：走啦走啦！

此番进藏，山高路远，道阻且长。爸爸呀，愿你平安归来。

二

当天下午4点，县教育局派车送爸爸去济宁，和其他6位援藏老师会合。当天晚上，济宁行署的领导陪同7位老师吃晚饭，算是送行。翌日，老师们又一起去济南，和来自全省的老师会合。

刚到济南，极少出远门的爸爸就得了急性肠炎，被送到医院打针输液。金乡一中的史老师也病倒了，还有几位老师的身体也出现了各种不适。万里长征还未开始，这会儿就病倒，根本没法上路，省教育厅根据老师们的身体状况，让他们就地休整。

40多年前的进藏之路，远比想象中更艰难凶险。

7月15日，山东省第三批援藏教师一行71人乘坐火车，一路向西，途经河南、陕西、甘肃，最后到达甘肃酒泉市瓜州县的柳园镇火车站。据说，这里离酒泉卫星发射中心只有 200 公里。

名叫柳园，实际上一棵柳树都没有，只在车站那里有两棵孤零零的杨树。没有一滴水，吃水全靠汽车从 163 公里以外的疏勒河运来。

在柳园，爸爸一行还处于难受的高原反应中，一个突发事件又让他们增添了恐惧：辽宁省第二批援藏教学队完成任务，从日喀则返回辽宁，途经唐古拉山口时，3 辆车翻了 1 辆，3 名教师受了重伤，后来被飞机接到北京治疗。

大概是缺氧的原因，柳园的饭菜太难吃，有的老师尝了尝，偷偷倒掉了。爸爸憋着劲使劲吃，不吃下去，没有体力，怎么过唐古拉山口？

7 月 26 日，一个好消息从天而降：山东省第二批援藏教师一行 45 人从西藏那曲来到格尔木。他们已经胜利完成了援藏任务，把接力棒交到了爸爸这批人手中，其中还有 4 位女教师。看着他们被晒得黑红却青春焕发的笑脸，爸爸的心理压力又减轻了许多：他们在条件更为艰苦的那曲都能挺过来，我们去条件相对较好的日喀则还怕什么？！

车队翻过昆仑山口，在山口停留了一刻钟，让大家欣赏风景。爸爸看到不远处有一朵雪莲花，就想去摘下来。刚走了两步，随队的邹医生喊住了爸爸：望山跑死马，那朵雪莲花离你至少二三百米，时间绝对来不及！邹医生还告诉爸爸一件惨痛的事情：也是在今天我们停车的地方，一位来自辽宁大学中文系的援藏大学生，出于好奇，去摘一朵雪莲花。等他气喘吁吁跑到雪莲跟前，欢喜地要去摘花时，因为高原反应太厉害，一阵晕眩，一头栽倒在雪莲花上。壮志未酬身先死，再也没有站起来……

五道梁海拔4800米，在这里，走路像脚踩棉花。吃饭时，服务员告诉他们："到了五道梁，不是叫爹就喊娘，五道梁得了病，唐古拉山丧了命。"爸爸强忍着不适吃了点饭，一切都为了能平安度过唐古拉山口。

车队开到了沱沱河，有人开始呕吐不止，车上两位老师被高原反应折磨得痛苦难忍，竟孩子般地痛哭流涕，大放悲声。几位年长的老师，嘴唇都紫了，还是强忍着，一声不吭。

前路愈发难行，随时可能面对死亡的恐惧感笼罩在每个人身上。

过《西游记》中唐僧师徒受阻的通天河时，车右轮紧贴峭壁底部，左轮则完全浸没在河水中。爸爸坐在左侧靠窗位置，一伸手，就能够到水面。河水急湍似箭，猛浪若奔，又似千军万马在厮杀。稍有不慎，便会车翻人亡。走走停停，停停走走，180公里路，竟然走了9个多小时。

车队到达通天河口的雁石坪兵站时，因前面山洪暴发，无路可走。大家只好在车上过夜。此时病号逐渐增多，已经有20多人处于昏迷状态，队医邹医生也病倒了。爸爸头痛欲裂，仍然咬牙在车上记下一天的经历，字写得歪歪斜斜，像鬼画符，难以辨认。老师们一个个脸黄嘴紫，表情痛苦，像刚吃了一大碗黄连。

爸爸摇摇晃晃地下了车，去找修路的战士聊天。战士告诉他，这个部队是从新疆调来的，一年多时间，已经有7名战士在修路过程中倒下了。

昏迷的老师越来越多。爸爸和几位老师去解放军兵站要水喝，兵站的首长听说他们是来援藏的教师，立刻热情地邀请他们去帐篷里暖和暖和。正在睡梦中的战士们纷纷爬起，把热乎乎的被窝让给生病的老师，他们则穿上衣服坐着守夜。炊事员全体出动，又是烧水，又是擀面条。爸爸他们从济南坐上火车到现在，已经十几天没吃过一顿可口的饭菜了。高压锅做的炝锅面好吃极了！

从我记事起，身为南方人的爸爸就一直喜欢吃面条。我猜想，这是不是和通天河口那顿解放军战士的炝锅面有关？感谢那些可爱的战士们！

唐古拉山口被称作进藏"鬼门关"。这里海拔5300米，全是皑皑白雪，气候恶劣，进藏人员多在此出问题。几个重病号已经病得寸步难行，车都下不去，硬撑着从车窗往下小便。因为严重缺氧，每个人的脸都成了猪肝色。爸爸痛苦不堪，像被念了紧箍咒的孙悟空，俩手不停地抓挠敲打仿佛要裂开的脑袋，脑子里出现了幻觉，不断闪现家乡微山湖的芦苇、荷花、菱角，大运河边倒映的垂柳……

车队过了藏北重镇那曲，到达羊八井。离开羊八井后，山路越来越险，到处竖立着画有骷髅头的木牌，提醒司机要加倍小心，以免坠入死亡之谷。不久，又到了海拔约6000米的雪古拉山。车行驶在S形山路上，不停地左拐右拐，分分秒秒都有翻车的危险。爸爸的头稍微一动，便头晕目眩，仿佛随时会死去。

过了麻江，车沿着雅鲁藏布江支流向雅鲁藏布江渡口大竹卡开去。沿途风光旖旎，藏民们穿着节日盛装，扛着红旗，弹着六弦琴，骑马的，乘车的，不停地向他们的车队招手致意。一打听，原来他们要去一个地方集会，庆祝金珠玛米（解放军）的节日。

建军节这天，援藏目的地——日喀则，终于到了！

在 1976—2006 山东省教育援藏大事记里，1980年的大事记记载了这样一段话：

> 7月，山东省派出第三批援藏教学队赴西藏日喀则地区执行教育援藏任务，时间两年。教育厅带队干部韦兆璧副处长。来自济南、青岛、淄博、烟台、昌潍、济宁、泰安、菏泽、临沂九市地的教师一行71人于7月15日从济南出发，经过半个多月的长途颠簸，行程近万里，于8月1日（8日为笔误）到达后藏日喀则。

此时，距离爸爸7月8日离开家，已经整整24天了。

珠穆朗玛作证

一

布达拉宫前的经筒转啊转，高山间的经幡飘啊飘。大昭寺前，虔诚的朝圣者在磕着长头；宗山脚下，年楚河边，马蹄笃笃，跑马射箭正在达玛节上激情上演。酥油茶清香，糌粑香甜，白云蓝天，牛马成群，山顶白雪皑皑，山下碧波如镜，一山披挂四季风景，一江

弹奏春夏秋冬。

这些，成就了无数人的西藏情结，驱使他们前仆后继远走高原，想去揭开其神秘面纱。

40多年前的西藏，恶劣的生存条件似乎掩盖了诱人的美景。几句顺口溜妇孺皆知："山高不长草，风吹石头跑，一步三喘气，四季穿棉袄。"

牛粪，牛粪，到处是牛粪！

藏民把摞起来的干牛粪当凳子坐，甚至用干牛粪替代褥子铺在床上御寒。援藏教师们整天带着学生去捡牛粪，做饭用牛粪，烤火取暖用牛粪。大家打趣说：

我们的生活处处离不开牛粪,捡的是牛粪,烧的是牛粪,吃的东西里还有碎牛粪。空气是牛粪味的,穿的衣服也是牛粪味的,真是充实极了!

刚进日喀则,满眼匍匐在地"磕长头"的场面震惊了爸爸。

"磕长头"是藏传佛教信仰者至诚的礼佛方式之一。虔诚的朝圣者们跋涉数百里、数千里,历数月经年,风餐露宿,朝行夕止,匍匐于沙石冰雪之上,执着地向目的地起来,再倒下,再起来,再倒下……

我想,相比这些虔诚的朝圣者,抛家舍业不远万里来到西藏的援藏教师们,又何尝不是另一种朝圣?唐僧师徒去西天是取经,老师们去西天是送经。位卑未敢忘忧国。他们自愿请缨,不惧山高路远,克服艰难险阻,惜别娇妻幼子和白发双亲,离开眷恋的故土,到那曲,到拉萨,到日喀则……

那藏风里舞动的经幡啊,像一道道彩虹桥,连接起珠穆朗玛和齐鲁的岱宗!

怀着满腔青春热血,爸爸在刚进藏时写下一首《赴藏抒怀》:

别荆抛雏走边关,泰山珠峰一线牵。

莫谈定远生入玉,要论伏波裹尸还。
公主尚能配藏主,志士何须恋故园。
呕心沥血育桃李,岂惧忠骨埋高原。

二

到了日喀则,爸爸很快被分配到日喀则地区中学,担任初三(一)班的语文老师兼班主任。

日喀则地区面积约34万平方公里,比两个山东省还大。班里的50多个学生,来自13个省市自治区,6个民族。汉藏联姻生下的孩子,当地人称之为团结族。班里光是叫多吉的男生就有3个,爸爸按照年龄大小,分别叫他们大多吉,中多吉,小多吉。

那个年代,没有电视没有电脑没有网络,老师们除了睡觉吃饭,剩下的时间全身心扑在教学工作上。没有图书资料,没有实验室,没有成功的经验甚至也没有失败的教训,一切全凭自己的真本事,一切都要从头开始。

为了提高学生的成绩,爸爸除了担任班主任,给学生上语文课,晚上还瞒着数学老师,给学生辅导数学。有时候深夜睡下了,还有学生敲门去请教。稍有空闲,他就挨个家访,根据每个学生的情况对症下药。

为了鼓励学生写好作文，爸爸用木头制作了投稿箱，让学生写好了投到里面，然后再逐篇讲评。他带着全班学生义务维修学校的桌椅门窗，打扫卫生，班级被评为地区学雷锋先进集体。他被邀请到日喀则地区军分区，辅导有高中学历的军人考军校，一讲就是6个小时。业余时间，他还参与编写日喀则地区中学教育杂志。他让藏族学生做翻译，骑着马去采访藏民和扎什伦布寺的喇嘛，采写整理了一大批西藏民间故事。

援藏仅仅3个月，因为教学工作表现出色，又连续发表了很多文章，日喀则文教局多吉平措局长向爸爸抛来了橄榄枝，要把爸爸调到文教局当秘书。多吉局长和校长背地里吵了好几次。校长急眼了，坚决不同意："李老师是我们地区中学最好的汉语格拉（老师），正带着毕业班，学生们都很喜欢他，课上得热火朝天，半路上把他调走，这群孩子可怎么办？到哪里再去找这么合适的老师？"学生和家长也坚决不同意。

多吉平措局长只好妥协，最后约定，等爸爸带完这一届毕业班，就调到文教局工作。

"苔花如米小，也学牡丹开。"

1年后，爸爸带的那个班考高中，全日喀则地区毕业生的前九名全是爸爸班里的学生。此事让爸爸成了日喀则地区教育界的名人。

3年后，他教的那一届学生，因为在初中阶段打下了坚实的基础，养成了奋发努力的学习习惯，全班绝大多数都考上了大学。有的学生到了大学后，还千方百计地打听到了爸爸在山东的地址，寄来了照片和信件表示感谢。爸爸回山东后，有一年去上海出差，还顺路看望已经考入上海第一医科大学的藏族学生，共续师生情谊。

工作的苦累都不怕，每天最难过的，是高原反应带来的痛苦。

日喀则缺氧百分之四十，刚去的时候，爸爸的心跳每分钟112次，连喘气都困难，每天有6个多小时，都在剧烈的头痛中煎熬。普通的锅根本煮不熟任何食物，煮个最简单的面条都要用高压锅。大米稀饭里常夹着老鼠屎和沙子。咸菜就面条，成了爸爸最常吃的饭。爸爸难受得吃不下饭，要靠着床头，喘着、歇着，才能勉强一口一口地下咽。备课也经常要靠着床，因为没有力气坐太久。

两位老师住一间屋子，爸爸用电炉子做稀饭、炒菜。吃的盐是青海湖的陆地盐，里面有很多羊毛、羊粪、沙子，要将其放在锅里加水熬制很久，把漂在水面的脏东西撇掉，等到剩下的盐凝固在锅底，再用铲子铲下来，才是稍微干净点的食盐。学校食堂里偶尔卖一次青菜，老师们都疯抢，晚了抢不到。馒头都是半熟的，拿在手里黏糊糊的。吃的羊肉很少有做熟的时候，肉也不新鲜。日喀则每年在羊最肥的九月开始宰羊，扒了皮，然后把整羊像垛劈柴一样垛起来，一直吃到第二年九月。好在西藏严重缺氧，没有"四害"，苍蝇、蚊子、臭虫、跳蚤完全无法生存。

爸爸一行4人在芒午区考察牧区生产生活情况，没有地方吃饭，调研组花13元买了一只羊，爸爸带去了几斤大米。只有一口锅，把大米灌在羊肠子里用线扎紧，和羊肉一起煮。煮了整整5个小时，饿得不行了，大米还是生的，羊肉就更不用提了，好像只是和热水亲了个嘴。

草原上到处都是眼睛。一觉醒来，成群的土拨鼠瞪着眼睛看着爸爸，个头比兔子还大。

微山县委副书记张福干，在1979年和孔繁森一起作为援藏干部被派往西藏工作。当时,张福干担任南木林县委书记,孔繁森担任岗巴县委副书记。有一次,张书记趁出差时专门去看望爸爸,发现他吃的盐这么脏,人瘦到皮包骨,很是心疼,把这一情况告知了微山县教育局,教育局不远万里给爸爸寄去了一箱食盐和咸菜。

终于吃到了没有牛粪的盐,可把爸爸高兴坏了!

"片云凝不散,遥挂望乡愁。"在西藏,除了高原缺氧的痛苦,最煎熬的是想家带来的强烈的孤独感。瘦弱的爸爸抵挡不住西藏的高寒天气,写信告诉了妈妈。我几次在冬夜中醒来,都看到妈妈在织毛衣毛裤,用好几层棉布缝制成厚厚的袜子,寄给爸爸御寒。

那时没有电话,写一封信,从寄出到收到,需要一个多月。两年时间,爸爸妈妈没能通过一次电话,全靠一个多月一封信相互联系。遇到大雪封山,信件也没法送,往往几个月不知音信。

爸爸数着日子,觉得妈妈的信快来了,就去邮递员路过的地方等着。邮递员来了,如果有他的信,自然是满心欢喜,没有信,又落寞地目送邮递员离去。两年中,我用田字格给爸爸写过几封信,但会写的字太少,大多用拼音代替,不知道爸爸能不能看得懂。

我想象着，在高原的爸爸，瘦弱的身影站在路旁等信来，在收到家里来信时惊喜如闪烁的星星的双眼，又是怎样在没盼到信时暗下了光彩。

进藏半年后，爸爸，这个身高一米八零的山东大汉，暴瘦到 103 斤！

三

未长夜痛哭者，不足以语人生。

40 多年后的今天，我一页页翻看着山东省教育学会教育援藏研究会为纪念山东教育援藏 30 年编著的《珠穆朗玛作证》一书，数次泪目。

烟台援藏教师曲厚芳是山东队唯一的"妈妈"队员。只为了一句家传的话——位卑未敢忘忧国，她把年仅 4 岁和 2 岁的幼子扔给父母，远赴高原，到了条件最艰苦的那曲支教。怕坏人欺负她，男学生轮流自发在她住处的屋顶放哨。班长安排女生在劳动中照顾她，副班长每天都把灶底灰掏出来给她送到屋里取暖。因为严重的高原反应，曲老师数次生病，只要她生病，就会有女学生闻讯跑来，把头埋在她怀里悄悄流泪。

和藏族学生的深厚情谊，让她余生的几十年都难以忘怀!

徐国赞老师41岁援藏时,母亲已经86岁。听说儿子在西藏做饭饭不熟,烧水水不开,喘气气不够,吃生肉,烧牛粪,老母亲寝食不安,日夜哭泣,忧思成疾。家人为了安慰她,跟她说西藏的雪莲花大如盘。徐国赞6岁的小儿子喂奶奶吃肉,假称是爸爸从西藏寄来的牦牛肉。

援藏女教师高丽华,进藏途中走到五道梁,刚下车就看到一辆来自四川的车,拉了满满一车鸭子。鸭子只只如同喝醉一样东倒西歪,一两分钟就全部丧命。这把老师们吓得直喊娘。真是应了那句话:五道梁五道梁,不叫爹就喊娘。

高老师还在日记里写道:

> 嘴紫得厉害,裂着口子,脚也裂得一直流血,血把袜子粘住,脱袜子是不停地叫着亲娘才撕下来的。
>
> 我生病了,学生送来三块大白兔奶糖,我不收。学生急了,剥开一块放在我嘴里。真甜啊!
>
> 带着学生去捡牛粪,遇到暴风雪,学生们都快冻僵了,我不知道抱哪个好了,因为我也快冻

僵了。我们只能紧紧抱在一起，耳边只听到牙齿打战的咯咯声。

"会好的。一切都会好的。"高老师在一篇日记的结尾写道。

四

爸爸援藏期间，家里出了人命。四婶子去运河边洗衣服，不慎掉到河里。

爸爸在西藏，家里的其他男人们恰巧都不在家。妈妈和妯娌们闻讯赶到河边，到处磕头借了一辆地排车，拉着人往医院飞奔。我抱着四婶子家刚出生7个月的弟弟和1周岁的妹妹，三个孩子在公路上等啊等啊。

一直到天快黑了，远远地，女人们悲伤的哀号声传来，四婶子的尸体被拉回了家。

天塌了！

原本妈妈当老师，还是班主任，奶奶照顾我的弟弟和妹妹，日子还过得去。四婶子突然走了，留下正吃着奶的弟弟饿得日夜啼哭，死活不吃奶粉。奶奶只好每天抱着弟弟跑几里路找哺乳孩子的人家。不好意思多吃，吃几口止住哭声就抱着再找下家。一整天都奔波在到处找奶吃的路上。因为要照顾四叔家的弟弟，奶奶无力再顾及我的弟弟妹妹。为了不耽误学生的学业，妈妈当初生下妹妹19天就去上课了。眼下，更不可能扔下学生回家看孩子。

实在没办法，妈妈只好把妹妹用绳子拴在桌子腿上，让她在地上爬，把门反锁上，中午回家时再把绳子解开。很多时候，等我和妈妈中午回来时，妹妹小手扒着门缝，脸上挂着泪痕，头靠着门板睡着了。

万般无奈之下，刚5岁的弟弟被送进学校读一年级。我辍学在家，看护1岁的妹妹。

我太想上学了。刚辍学时，脑子一下还转不过弯来。每天早上，我还背着妹妹去学校，从窗外看老师上课。我的座位一直空着。那个座位近在咫尺，我却不能再坐在那里听课了。那一年，我不能听到学校上课铃的响声，铃声一响我就头疼。背地里，我不知道偷偷哭了几场。

我问妈妈："我啥时候能回去上学啊？"妈妈总是说："快了,快了,等爸爸回家了你就能继续上学了。""爸爸到底啥时候回来啊？""快了快了，爸爸下个月就回来了。"一等，就等了一年。等重新去上学时，有同学嘲笑我："留级生！笨蛋！"我憋了一年的委屈，

父亲援藏的日子　031

突然在那一刻爆发了，号啕大哭！

父母都是老师，却因为爸爸离家万里，去教西藏的学生，让我失学一年，想起来，只有含泪的苦笑。

归　来

> 辽阔的羌塘草原啊，
> 在你不熟悉她的时候，
> 她是如此那般的荒凉；
> 当你熟悉了她的时候，
> 她就变成你可爱的家乡。

这首羌塘古歌唱出的，又何尝不是援藏老师的心里话？

藏族是世界上一个十分独特的民族，男人是大山的儿子，有磐石般的意志，雪莲一样的品行；女人是草原的女儿，像格桑花一样美丽，有山泉水般清纯的心灵。

一

1982年夏，格桑花正开遍草原，爸爸所在的第三批援藏教学队完成援藏任务，要离开生活了两年的高原了。

也许因为太挂念家里的奶奶,太思念妈妈和三个幼子,爸爸婉拒了西藏三家单位的挽留,准备回家了。

云山苍苍,江水泱泱,师生情谊,山高水长。

一方面想家心切,一方面又和高原的学生、同事、藏族朋友难分难舍。怕影响学生们上课,老师们起先不让校长告诉学生他们要离开的消息,可是,孩子们还是都知道了。

送行的人围了一群又一群,人追着车子,车被人包围着,开得比人走得还要慢,很多人抱头痛哭。泰安的陈清义和边巴县长抱在一起号啕大哭。学生们给亲爱的老师献上洁白的哈达。

爸爸他们,每个人临走时都带了十几条哈达。学生们跷着脚,挨个跟老师在耳边说上几句心里话,谁抢到老师的手,都紧紧抓着不愿意松开,好像得到了极大的安慰。当地的藏族老师也哭着跟他们拥抱告别。

车子启动了,孩子们硬是把着车窗不让走,纷纷把鸡蛋、奶酪塞到他们手里,有的还把自己珍藏的纪念物、饰品扔到车子里。

"孩子们,别哭了,记得和老师通信啊……"老师们哽咽着一遍遍叮嘱。

留守的藏族老师一直叮嘱司机开慢些，再开慢些。孩子们追着车子，跑啊，跑啊，直到再也看不到汽车的影子……

别了，我的高原！别了，我的藏族亲人们！别了，我的第二故乡！

这一别，真的是永别，爸爸因为身体原因，再也没能踏上那块土地，再也没能见到那些高原上的亲人们。

可是，孩子们一封封飞越万里的信件，一次次让回到山东的援藏老师泪水涟涟，像一根根长长的风筝线，把他们的心又拽回高原。

二

那两年，天冷时，妈妈都是带着我们三个孩子一起去公共澡堂洗澡。开始还行，后来弟弟长大点了，有一回，澡堂卖票的大妈阴阳怪气翻着白眼："你这男孩都多大了？五六岁了吧？怎么还领着到女澡堂洗澡！你家没男人吗？不能进去！回去让你家男人领着去男澡堂！"

弟弟被吓哭了。妈妈没说话，领着我们仨回家了。

后来，大伯领着弟弟去洗了几次。大伯不会照顾孩子，领进去基本不管，弟弟年龄小不会洗，自己拿毛巾撩撩水，跟水亲个嘴，就出来了。洗完澡回到家，妈妈掀起弟弟的裤管，用手指蘸着唾沫在腿上一搓，立马搓出很多灰来。妈妈叹了口气，说："唉，以后不让你大伯带着洗了。要是你爸爸在家就好了……以后让舅舅带你去洗吧。"

在辍学一年后，我回到学校继续上学。妹妹两岁多了，还是没人看管。妈妈又把她送到了姥姥家。

那时周末只休周日一天。去姥姥家有一班长途汽车，但是车站离我家比较远，班次也少。多数时候，妈妈都是在每周日早上很早起床，安顿好我和弟弟，天没亮就一路小跑，一口气跑20多里路到达姥姥家。娘俩亲热半天，吃点饭妈妈又急着跑回家，还要照顾我和弟弟，洗衣、备课、批改作业。每次分离，妹妹都哭得撕心裂肺，拽着衣襟不让走，妈妈眼含泪水，一步三回头。

妹妹慢慢发现，妈妈总是过几天就在那个直通村口的小路出现。妹妹不会表达，想妈妈了，就让小姨抱着，手指着通往村口的小路，眼睛直勾勾地盯着每一个走来的年轻女人，站在那里等啊等啊。

两年中，我慢慢懂点事了。有多事的人开始传言：

老三一走这么长时间也不见动静，家里都死人了，孩子也没人管，也不回来一趟，说不定在那边又找了媳妇了。传到最后，就成了爸爸在西藏已经娶妻生子了，不要我们了，做了陈世美。

有一次，一个小孩无缘无故地把我推倒，冲我吐唾沫：

"你爸爸不要你们了，你没有爸爸了！"

"谁说的？"

"人家都这么说！你就是没有爸爸的孩子！"

我冲上去跟他扭打成一团……

我多么盼望爸爸早点回来，好告诉别人，我有爸爸啊。

三

"惟有门前镜湖水，春风不改旧时波。"

1982年夏天，爸爸援藏要回来了！

消息传来时，正逢暑假，我和弟弟正撅着屁股，在姥姥家的运河边用罐头瓶抓鱼。晚霞挂在河边的上空，舅舅跑到河边大声喊着我们的乳名，一片鸟雀被惊起，呼啦啦飞进河边的柳树林。听说两年没见的爸爸回来了，弟弟立马扔了罐头瓶，撒腿就往河堤上跑。弟弟跑到姥姥家，抓起书包就要走。姥姥追出来："乖乖，吃了饭再走啊。"鱼也不要了，饭也不吃了，一秒都不想等了，要立刻马上飞回家找爸爸！年轻的舅舅用自行车一前一后载着我们俩，一路狂奔，车链子都要蹬断了。

马路两边的杨树嗖嗖地从我身前跑到身后，树叶哗啦哗啦作响。耳边，依然还是一声声的蝉鸣。可是，这蝉鸣，分明比两年前分别时的叫声好听多了呢！

我们在天擦黑时进了院门，影影绰绰看到我家屋里，有一个黑瘦的男人，肥大的白衬衣在他的身上晃荡着，他的头发很长，胡子很长，一个黑框眼镜遮住了眼睛，脸上几乎只能看到鼻子。

这和记忆中高大英俊的爸爸完全不一样啊！满腔的激动像被迎头浇了一大盆冰水。我躲在门框后面，露出半个脸，盯着这个陌生的面孔，试探着问："你，你真是我爸爸吗？"

弟弟本来一脸兴奋地往屋里跑，突然看到一个半人半鬼的人杵在那里，一个急刹车站住了，嘴巴撇着，想哭却不敢哭。他回头就跑，跑到院子门口，被门槛绊倒了，哇的一声嚎哭起来。

父亲援藏的日子　　037

妹妹3岁了，被妈妈领进来，让她喊爸爸。她走过来，看了爸爸一眼，满脸惊恐，挣脱妈妈的手，飞速地钻到奶奶床底下去了，嘴里不停地喊着："妈妈妈妈，鬼呀鬼呀，呜呜呜……"妈妈用竹竿扒拉她，她不出来，奶奶又拿来好吃的哄骗，她还是不出来。一直到半夜了，妹妹才顶着满头的蜘蛛网爬出来，抱着妈妈大腿："妈妈，我饿。"

爸爸去援藏时才1岁的妹妹，对爸爸这个称呼完全没有概念，也不懂爸爸这个角色是什么意思。那天以后，尽管爸爸理了发，刮掉了长长的络腮胡子，她见到爸爸还是慌张跑开，甚至不敢和爸爸一起吃饭。

一天，妹妹拉住了妈妈的衣角，皱着眉头问："妈妈，那个鬼叔叔怎么还住在咱家不走？晚上还和咱们睡一张床？"

我看到妈妈一下把妹妹搂在怀里，流泪了。

我和弟弟很快和爸爸亲热成一团。弟弟还会拉着爸爸的手一一介绍给他的小伙伴："看，这是我爸爸！我有爸爸！"

爸爸开始想尽一切办法讨好妹妹。下班回来买了好吃的先给她，给她洗脸洗澡、扎小辫，给她买漂亮的连衣裙，带她去青岛看海，带她去微山湖摘莲蓬，划船，看芦苇荡……

在爸爸回家近 4 个月后，在微山湖猎猎作响的芦苇荡中，3 岁半的妹妹，终于张口喊出了人生中第一声爸爸。

四

爸爸留下了高反后遗症，回到山东后，一到阴雨天，就头疼欲裂，严重时拿头直撞墙，心跳从在西藏时的每分钟 112 次下降到 52 次！

湖边的风依然吹着，万亩荷花还是年年开放，当年凌云仗剑远走高原的青年啊，如今已鬓发如雪、步履蹒跚。有的援藏教师更是英年早逝，令人唏嘘。

第二批援藏教师袁有勋，青岛人，35 岁援藏，已经是两个孩子的父亲了。因为个子高、年龄大，大家都叫他"大老袁"。

一起援藏的好友崇巍回忆道：当时我们所在的那曲地区难得见到点青菜，我把从青岛带来的大蒜瓣串起来放在盘子里加上水，看它一点点抽出了嫩芽，天天当宝贝呵护着。可惜好景不长，刚抽芽的蒜苗老是被一根根掐掉。终于有一天，我把"大老袁"抓个正着。

我很生气，冲他大吼大叫。"大老袁"满脸歉疚给我道歉："对不起对不起，实在是叫咱山东的大葱、大蒜想死了，馋死了啊。"

想家想老婆孩子的"大老袁"，一边拉着二胡一边掉泪。我承诺说，等回山东后去看他和嫂子，给他买很多很多大葱和大蒜。"大老袁"破涕为笑："回咱山东，大葱大蒜就不稀罕啦，我想吃多少吃多少，你要买，买点值钱的东西哈。"

做梦也没想到，援藏任务完成回到青岛不到半年，"大老袁"就因为半夜突发心脏病去世，他才37岁呀！我还没来得及去看望他！想想在西藏为了几根蒜苗跟他吼，我肠子都悔青了！

曲阜一中援藏教师苏兴才，1982年援藏，时年24岁，是一名英语老师。1998年，他被确诊为"支气管哮喘肺间质性纤维化"，仍舍不得离开他的三尺讲台，病逝时年仅44岁！

慈维希，是山东第四批援藏教师，青岛分队队长、山东大队副队长，烈士子女，孤儿，44岁入藏，先后在日喀则地区师范学校、地区中学担任化学、生物、政治老师。回青岛后，他长年住在地下室，没有窗户，终年不见太阳，阴暗潮湿。十几户共用一个水龙头、厕所，他的女儿、儿子都是在吊铺上长大的。直到二十世纪九十年代，一家人才从地下室搬到仅有28平方米的房子里。2000年，慈维希死于肺癌。临终前几天，他吃了点4毛钱一碗的豆腐脑后，再也没能进食。弥留之际，一同援藏的老师去看望他，他已经不能说一句完整的话了：

"您后悔去援藏吗？"

"不。"

"人生有过这么一段经历，不是挺好的吗？"

"好。咱……拿命……援……藏……"

"还想去吗？"

慈维希的头点了点，大颗浑浊的泪珠从脸上滚落……

后　记

三次三天三夜不眠不休，三篇援藏故事终于落笔。

这期间，不知道多少次眼含泪水，跟随爸爸的讲述回忆过往，梦回高原。愧疚的是，手中的笔太笨拙，又没去过西藏，不能感同身受，无法把援藏教师这一群体的感人事迹充分表达出来，只能汲取大海中的几朵小浪花，聊表敬意！

　　这些援藏教师们，就像草原上最常见的格桑花，枝干纤细，也没有诱人的香气。风越狂，它却越挺拔；雨越大，它开得越鲜艳。它们鲜为人知，只安静地在高原上盛开着。但是，它们活得奔放而热烈，稍有风来，就随风而笑。

　　盛开过，就够了。

从前慢

从前慢

记得早先少年时
大家诚诚恳恳
说一句,是一句
清早上火车站
长街黑暗无行人
卖豆浆的小店冒着热气
从前的日色变得慢
车,马,邮件都慢
一生只够爱一个人
从前的锁也好看
钥匙精美有样子
你锁了,人家就懂了

悠长的石板街，诚恳纯净的白衣少年，氤氲中的街头小店，行人稀少的小火车站，传递爱意的车马、书信、日色、精美的铁锁，旧时光的美好生活片段，就在字里行间画卷般呈现。

跟着诗人木心，穿越时光之河。走进去，是忘不掉的童年欢乐、少年时的强作愁、中年时的无奈、暮年时对旧时光的怀念，是我们回不去的从前。

那时候，天总是蓝得令人眼晕，运河水清可见底。西红柿、黄瓜是可以直接摘下来生吃的；猪是喂一整年才出栏的；鸡不是一生都被关在笼子里，是可以到处溜达着捉虫子、晒太阳的。孩子们上学是不带水瓶的，渴了就拧开学校里的水龙头喝上一气；放了学是不用上辅导班，能疯玩到深夜的。

那时候，收信、回信是最令学生们引颈期盼的事。每天，负责拿信的同学一拿来信，就会引起一阵欢喜雀跃。收到信的喜形于色，找个没人的角落细细品读；没收到的不免失落，又盼着第二天会有信来。

给某人写信，会精挑细选带着香味的信笺，用娟秀的钢笔字，将信写得很长很长。还要算计着信的克数不能超重，不多不少那才最好。贴上邮票，然后塞到邮筒里？不，那样总觉得邮递员取信会晚一些，对方回信的日子也就会晚一些。所以，要亲自送到邮局里，还要千叮嘱万叮咛，确定他们当天一定能把信寄出，再数着日子盼回信。

那时候，做饭没有煤气，下班要现生火点炉子，农村的要烧柴火。没有自来水，打水要去井边挑，井水清澈甘甜。一个做饭，一个烧火，感情就在油盐酱醋中缓缓流过心田。

科技日新月异，生活节奏越来越快，个个都被时光之鞭抽着奔跑，甚至没有时间谈恋爱。期盼和等待的美好，再也无处寻找。爱情成了奢侈品，一生只爱一人，成了说说而已。

那时候，家家户户厅堂中央都贴着毛主席的画像，周围是马克思、恩格斯和列宁、斯大林。一进屋，好多伟人爷爷笑眯眯盯着你，很有安全感。年少的爸爸每天清晨即起，从井里绞上来一桶水，冲洗一下脸，驱走困意，在井边学俄语。

那时候，男人极少有外遇，也极少有人离婚。爸爸娶妈妈，全家只有五元钱，委托在上海的姨婆买了块粉红色的布料给妈妈做了件裓子。奶奶给妈妈做了一双新布鞋，爸爸穿的裤子还是带补丁的。买了几包香烟、二斤水果糖，爸妈拜了堂，就是一辈子。

那时候，一生只一愿，择一城终老，遇一人白首。车、马都很慢，一生只够爱一人。

那时候，家家都不富裕，富人只比穷人多一辆用票买的自行车，或一台缝纫机。我们穿的衣服都是妈妈一点点用缝纫机踩出来的。

那时候，没有谁的父母下岗，也极少有万元户，家家却过得有滋有味，有梦想，有希望。

那时候，买东西没有塑料袋，也很少有垃圾。

买块肉用麻绳扎个洞提着，或者耷拉在篮子外面。一路走，肉一路晃荡。熟人问，她二婶子，今天买肉了啊？是啊，买肉啦！一脸骄傲。买块豆腐用旧报纸托着；称半斤糖块或者一斤点心，用油纸和纸绳捆成十字花；提半网兜苹果或梨，就可以走亲戚看病人了。

那时候，奶奶和妈妈拆洗被子，将棉线一根根抽出来，捋齐了放好。被褥洗干净了，再用旧棉线缝起来。不能吃的老菜帮子，剁碎了喂鸡喂鸭，连刷锅水都用来喂猪喂羊。

用的伞多是厚重的油布伞，伞架伞柄皆是木头做的。雨伞坏了，主人是万万舍不得丢弃的，只等着走村串巷的温州修伞匠来修补。修伞匠一来，吆喝三两声，就会有人拿着坏伞出来。一会儿，修伞匠身边就堆满了坏伞。遇到饭点，不用给修伞费，给他一个煎饼、一碗开水，就抵了工钱。

那时候，农村家家都有几个储存粮食的大瓮。大瓮有一人多高，开始是用黄泥加稻草做的，后来条件好些了，就做成了水泥的，更结实耐用一些。上面开一个瓮口，需要踩着凳子从这个瓮口往里倒粮食。瓮下开一个小口，平常用木塞裹着破布塞住，用粮食的时候就拔开木塞，用簸箕接着，粮食就会哗哗地流出来。水泥瓮用久了也会裂缝，往外漏粮食，这时候就需要锔匠。

以前物资匮乏，旧衣必缝，破物必补必锔。一件衣服，新三年旧三年，缝缝补补又三年。锅底漏了，补补又能用十多年。锅、盆、水缸，甚至有小脚老太太捧来祖传几百年的古瓶古碗。锔大件是粗活，锔小件是细活，这得用金刚钻，在破的地方钻上两个窟窿，用细铜丝箍上。没有点真功夫的锔匠是做不了这个的，所以古人说，"没有金刚钻，不揽瓷器活"。

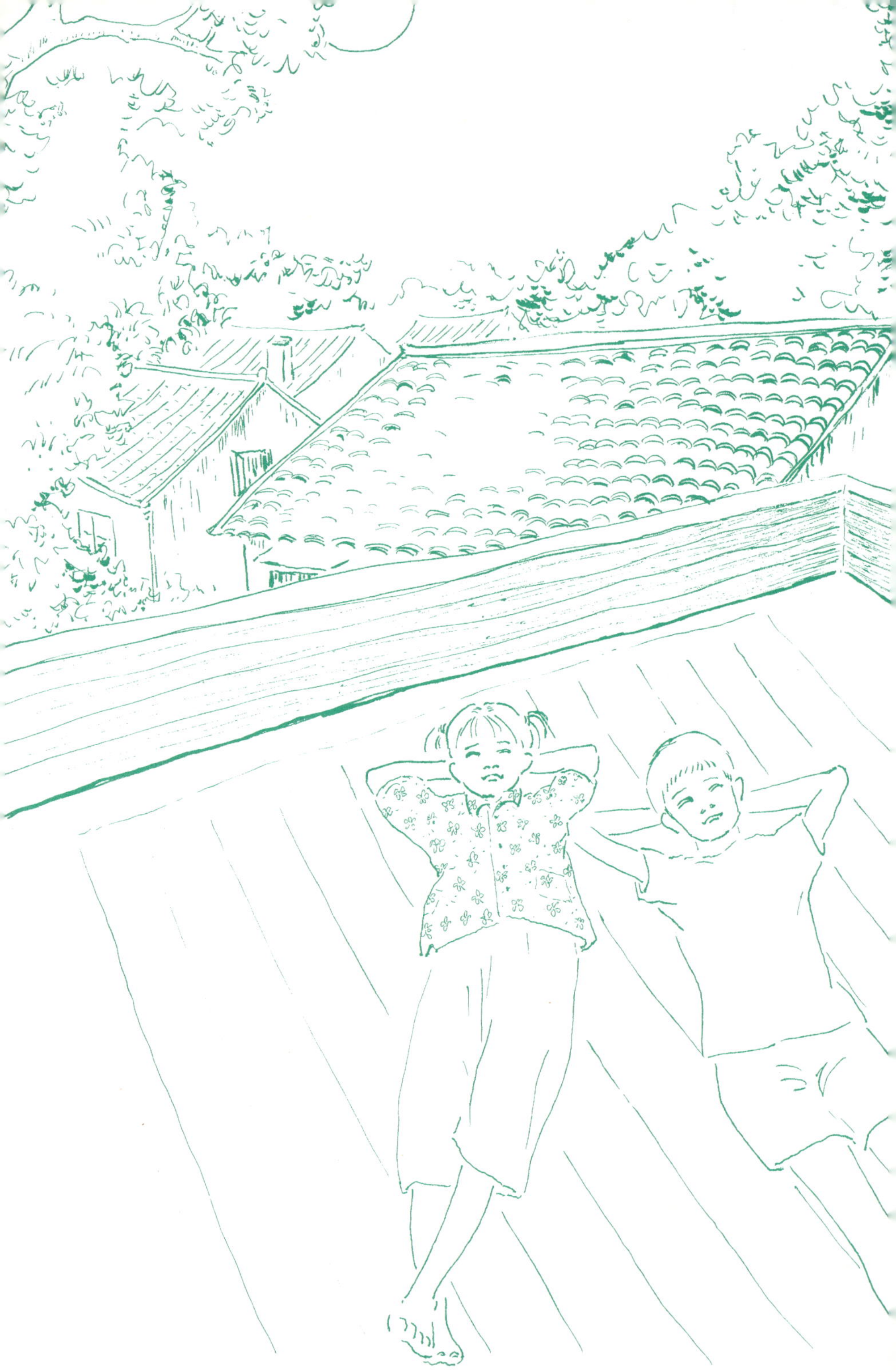

现在，除了修鞋的尚余一二，几十个传统的老行当已经几近消亡。

那时候，我五岁多进学堂，父母没接送过一次，上学放学都是和小伙伴一起走。放学进了四合院，大伯家收音机里的声音准时传来：小朋友，《小喇叭》开始广播啦！嗒嘀嗒，嗒嘀嗒，嗒嘀嗒，哒嗒！今天，我们听孙敬修爷爷给我们讲个故事……一到《小喇叭》开始广播，那就意味着有趣的故事、优美的歌声和猜不完的谜语马上开始了。我一边跑一边扔下书包，趴在收音机前一动不动，一直听到腿麻。

电池没电了，收音机里的声音会变声，变得像老爷爷的声音一样粗缓。大伯就把电池抠出来，放到木窗下晒晒，再装进去，还能听几天。实在不行了，才会换新的。

那个声音，充盈了几代人的美好童年。如今，孙敬修爷爷已远去天堂，收音机早已被智能手机取代，成了博物馆里的老物件。

那时候，日子好漫长啊，总盼着长大，可总觉得长不大。

放学时，我们成群结队回家。走在大路上，偶尔会遇上路过的军车，车是敞篷的，拉一车军人。我们追着军车大喊："解放军叔叔好！解放军叔叔好！"有时候车上恰好拉了水果，大概是看我们喊得响，就会减慢车速，扔下几串葡萄或者几个苹果，让我们哄抢，然后绝尘而去。

夏夜里，家家户户拿着蒲扇，腋下夹着凉席去大路边纳凉。婶婶大娘们拉着家常，孩子们在路上疯跑。汽车极少，偶尔过去一辆，我就使劲吸鼻子——那汽油味儿真好闻！记得有个动画片里的老鼠国国王，也喜欢闻汽油味儿，宫里的老鼠们每天的工作就是拖着汽油瓶给他闻。妈妈轻摇着蒲扇驱赶蚊子，蝈蝈和纺织娘一会儿叫一会儿停。夜，愈发显得安静了，人在不知不觉中睡去。一觉醒来，小伙伴们走了大半，只有月亮静静地看着我。

那时候，露天电影很受欢迎，放映员是流动的，今天去这里，明天去那里。

有时候放映员也会在一个地方连续放映两个晚上。离我家最近的放映点，就在运河上的东风桥西。小青年和孩子们最喜欢看电影。天没黑，看电影的最佳位置就被住在桥边的人用粉笔画个圈，写满大大的"占"

字，再放上一把小竹椅。开场后，那些提早占位的孩子才晃着肩膀冒出来，一脸神气。一吃过晚饭，公路上满是拿着小凳子去看电影的人，男女老少，一路嘻嘻哈哈，好不热闹。去晚的，只能从反面看，电影里的人都是反的，效果差很多。

小伙子们不坐凳子，都站在后面看。说是看电影，眼睛却瞄着旁边的姑娘。有人故意一挤，人群随之全部倾倒。姑娘惊叫一声倒在了小伙怀里，小伙趁机抓一把花生：我刚买的，喷香！你尝尝？姑娘推让着说，不尝了，家里有。要是把花生接过去了，这事就有门了。看了没半场，俩人就悄悄溜走了……

邻居家的四大爷向众人炫耀："我娶媳妇没花钱，你四大娘就是我在东风桥头看电影时用一把炒花生诓来的。"四大娘嗔怒："呸呸呸！谁吃你的花生了？我不要你硬给的！"众人大笑。

那时候，电视是奢侈品，一共只有几个频道，天线还要手动调节。谁家有台彩电，那绝对是有钱人。每天晚上，他家院子里会挤满来看电视的人。看着看着遇到停电，就连上提前准备好的电瓶接着看。

好看的电视剧有《血疑》、《上海滩》、《霍元甲》、

1983年版的《射雕英雄传》。

看了《血疑》，才第一次听说有个病叫白血病。女生整天看胳膊上有没有小红点，害怕自己也得白血病。

看了《上海滩》，有个男生扮许文强，把头发梳成大背头，让女生织了条长长的白围巾，偷了他爸爸的黑呢子大衣披着，嘴里叼着根白粉笔充当卷烟。又用墨水把近视眼镜涂黑，戴上眼镜刚走了几步，差点摔倒——看不见路了。

扮演冯程程的赵雅芝被惊为天人，麻花辫系上俩蝴蝶结搭在胸前的装扮在女生中风靡。班里有个矮个子女生，长着一对兔子牙，大眼睛，有几分神似蓉儿。她经常梳着蓉儿式的发型，还搜集了好几本翁美玲（黄蓉的扮演者）的粘贴画。

那时候，男生个个都"身怀绝技""武功盖世"。一下课，操场就成了江湖：

"霍元甲"和"陈真"打着迷踪拳要吓跑洋鬼子，"靖哥哥"在练降龙十八掌，"洪七公"挥舞着一根破棍，嘴上粘着作业纸剪成的胡子到处乱窜，"欧阳克"披着从家里偷来的白床单，头顶着暖壶盖，舞着纸扇子和纸蛇追着撩拨"蓉儿"，"梅超风"伸出"九阴白骨爪"抓到了正在打坐的"一休"哥的脑袋,"一休"哥顿时疼哭了……

我唯一想破脑袋也想不明白的是,武侠小说里那些慢吞吞地满江湖游荡的大侠们,是靠什么生活的,谁给他们银子花。

问谁谁都不知道。

那时候,能在桃花树下疯跑一下午,只为了闻那桃花香,看着花一点点盛开。那时候,能在地上趴半天,只为了看下雨前蚂蚁忙着搬家的景象。那时候,能什么都不做,都不想,只是闲待着,看天边的晚霞,看夕阳缓缓西下。一天,就过去了。我们把《陈真》的主题歌的歌词"孩子,这是你的家,庭院高雅",故意唱成"孩子,我是你爸爸,挣钱给你花"……那时候,我们唱着《我们的祖国似花园》《我爱北京天安门》《童年》《千年等一回》《一把火》《我的中国心》《黄土高坡》《水中花》《大约在冬季》《冬季到台北来看雨》《十九岁的最后一天》《青苹果乐园》《无地自容》《花房姑娘》《无以伦比的美丽》……就这样长大了,长大了。

少年锦时

有人说，长大这两个字，连偏旁都没有，一看就很孤独。年岁日长，表面看似坚硬，内心却越来越柔软。

这一生，从五岁多进学堂开始，不停地考试、考试，考了那么多次，忽一日惊觉，最终不过是让家乡越来越远。

得到了很多，但也失去了很多，似乎只剩下回不去的曾经。

长大后才知道，童年时的二十世纪七八十年代，会令我用整个下半生来怀念它的美好。

荷花摇曳 暗香幽幽

一座小城，距离北方最大的淡水湖微山湖只有三四华里。湖水等于给小城安装了一台巨大的天然空调，夏天不觉酷热难熬，风也不燥；冬天，总是一副温暖的样子。大运河穿城而过，城区也会有小桥流水的景致。常有寂寞的乌篷船静静地顺河而来，船头的老人收拾着装满鲜鱼的大盆，准备靠岸去卖鱼。船头站立的鱼鹰歪着脑袋，和桥上刚放学的孩子两两相望。

有一年夏天，我的一个表舅，头顶着荷叶，突然来了。

我问他怎么来的，他说沿着运河划船来的，顺手还在河里给我采了一束荷花，船就泊在运河岸边。我听了像做梦一样。

此后多年，我常做一个同样的梦：我划着小船，上学、回家、走亲戚，北上北京、南下杭州。小船摇啊摇，带我到想去的任何地方。有了运河，不管我离家多远，只要沿着运河边走，就能找到家。

街巷里，总是弥漫着各种小吃的香气。夏天，城区道路两旁摆满了陶缸养殖的荷花，被枝叶繁茂的法桐树和低矮的灌木衬着，高低错落，红的红，绿的绿，白的白，粉的粉。街边三三两两卖菱角的，卖荷花、荷叶、莲蓬的，卖鲜鱼的。

女孩们喜欢买几朵半开的荷花，回家插在瓶中，让那清香充满整个白天黑夜。

奶奶和妈妈们喜欢买荷叶,作为蒸馒头时的笼布,或者煮荷叶粥,裹上糯米包成粽子,又或者裹上牛肉、整鸡蒸了吃。如果卖荷叶那人还顺便卖点鲜鱼,就会用荷叶把鱼一包,绳子一扎,买主就拎着走了。

卖的莲蓬分为好几种。带着长茎的老莲蓬,会有文化人挂在书房做装饰;剥好的老莲蓬籽晒干了熬粥、做莲子汤;不太老的煮了吃,粉香粉香的;嫩的直接生吃,清香甘甜,是孩子们的最爱,莲蓬籽的嫩壳还能分成两半,套在十个手指顶端。

放学了。男生们的自行车似乎总是除了铃铛不响,哪里都响,但这并不妨碍他们单手就把车子骑得似要飞起,头发忽闪忽闪地,大声说笑着。

总有几个男生,白衬衫不扣扣子,衣襟飘在腰后,像鼓起的风帆。

女生们三三两两做着伴,留着齐耳短发或梳着高高的马尾,穿着宽大的衣裤,抬手把散落的发丝拢到耳后,在婆娑的树影中走过……

整个夏天,小城都浸润在荷花的香里。

往北京开 往上海开

明明没有玩具，却似乎有很多玩具。

弄点土，加点水，活成泥，使劲往地上摔，摔到有韧性，捏很多士兵、坦克、大炮、手枪、步枪……晒干了，就能摆起来玩"打仗"了。

我们都没坐过火车。

我们最喜欢玩的是"开火车"游戏。把小椅子摆成一排当火车，小伙伴们一人坐一个扮演乘客，选一个人扮演火车司机。司机大声问："嗷，嗷，咱的火车往哪儿开？"第一个乘客答："往北京开。"剩下的人齐声喊："嗷，嗷，北京的火车要开啦。"一队人马扶着小椅子靠背，两条腿挪着往前走，"火车"咣当咣当就开动了。

邻居田三爷爷年轻时走南闯北，最喜欢看孩子们玩"开火车"。他双手扶着膝盖，伸着头，用嘴巴模仿火车开出站的声音："褂子裤子褂子裤子褂子裤子褂子裤子，袄——"他一参与，孩子们开得更起劲了。

开上一圈，司机又喊："嗷，嗷，咱的火车往哪儿开？"第二个乘客答："往上海开。"就这么一直开下去。

我们知道的地名很有限，反反复复就是北上广加上省会济南,那时深圳还是个小渔村,无人知晓。

夏日的中午,不想睡床,偏要躺在小椅子上睡。开始是两把小椅子接起来就够了,后来发现不行,要三把才够,再后来,三把接起来,脚还是无处安放。

我躺着喊:"妈妈,再给我接上一把。""你都多大了还睡小椅子?"妈妈过来拉我起来,我噘着嘴,赖着不肯起。

男孩们放了学要先玩上一阵玻璃弹珠,直到夕阳西下。弹珠里的颜色也暗了,要对着夕阳看颜色区分是谁的。彻底看不清颜色了,才恋恋不舍地回家吃饭。

那时周末只休一天,疯玩过后就在院子里拼命写

作业，耳边蝉鸣蛙叫不止，心里一遍遍碎碎念：什么时候长大啊？什么时候能去大城市啊？第二天，脸上带着席印去上学，路上遇到同学，相互取笑着。

总觉得日子漫长。

抬头看天，一架小飞机几乎擦着屋顶飞过去了，那是洒农药的农用机。我们指着天空扯着嗓子唱："天不怕地不怕，就怕飞机拉粑粑（投炸弹）！"亚伟打着手势告诉我，他爸爸坐过飞机，坐飞机时要像死人一样一动不动，有一个人动，飞机就会一头栽下去。我一脸崇拜地看着他，暗自想，长大后我可不去坐飞机，几个小时一动不动，那太难了。

那十元钱 珍藏了好久

我刚读小学时，爸爸去援藏，一走就是两年。放学回家时，常有喜鹊站在家门口的树枝上叫啊叫。喜鹊一叫，妈妈就说："看，你爸爸快回来了，喜鹊都叫了。"

在炉火的余光中，妈妈眼睛里一闪一闪，似有星星。奶奶也听到了喜鹊叫，操着湖南话慢吞吞地说："咱家要翻身了，会越过越好的。"

奶奶一辈子生了八个儿子，三个夭折，没有女孩。

我是家族中的第一个孙辈,还是女孩,全家人对我的出生欣喜若狂,对我寄予了无限期望。

十几岁时,我要去省城参加一次很重要的考试,瘫痪一年多的奶奶把我拉到身边,从褥子底下摸出十元钱,塞到我手里:"乖乖,穷家富路,出门在外需要钱,奶奶只能给你这么多,谁都别告诉。"

揣着这十元钱,我生平第一次坐了火车,去了省城。一直到考完回家,那十元钱还是没舍得花。

我告诉自己,你一定要努力啊,要努力考大学啊。如此,才配得上奶奶这份好。

在奶奶瘫痪的那些日子里,我每天放了学,第一件事是跑到她屋里,喊一声:"奶奶,我回来了。"然后再去放书包、吃饭。

几个月后,奶奶去世。有很长一段时间,我一直缓不过来,放了学还是习惯性地去奶奶屋,叫一声:"奶奶,我回来了。"没人应声,床是空的。眼泪再也止不住。

再几个月后,我们搬家去了省城。那天之后,童年消逝,家乡渐行渐远,余生,只剩下成长。

考上大学后,妈妈带我去给奶奶上坟,妈妈念叨着:"娘啊,佩佩考上大学了,你高兴吧?娘啊,你要是活着多好啊,现在日子都好过了……"

那十元钱,珍藏了好久。

我不喜欢吃这个

弟弟喜欢拆东西、装东西，把家里的闹钟、挂钟、收音机、录音机都拆了，自己研究，然后再一点点组装起来。钟表居然还能走得很准，收音机还能播放《小喇叭》节目。

爸爸托人买来一大堆做实验用的瓶瓶罐罐，弟弟每天放学后在家里做各种实验。我一路过，轰的一声，烟气升腾。

弟弟让爸爸订了很多年的《科幻世界》杂志。我只记得每期杂志都有一张三维图，我两秒钟就能看出画面中隐藏的图案，这个技能在班里找不出第二个。我感觉自己很厉害。

实际上，厉害的还是弟弟，在一堆烧瓶试管中，他一路读到清华博士，赴美从事医学研究工作，一走就是18年。家人想见一面，很难。

什么叫出息？什么叫幸福人生？我说不好。

那年，妈妈50岁了，半路遇到一个熟人。妈妈对熟人说："我老觉得自己还是40多岁，一转眼，已是50岁的人啦。"

是啊，一转眼，我都40多岁了。

冬天，我喜欢吃烤地瓜，妈妈回家时常会买一块给我吃。我让她吃，她总是说："你吃，我不喜欢吃这个。"

长大了，我才知道，妈妈从小就喜欢吃烤地瓜。

我的孩子也喜欢吃烤地瓜，有时我下班会买两块，俩娃一人一块。孩子剥了皮往我嘴里塞，我也总是说："别给我，我不喜欢吃。"

有一天，我突然意识到，自己也活成了那个会假装不喜欢吃的妈妈。

转眼，爸妈已到古稀之年。济南的喜鹊随处可见，却不是当年那只喜鹊了。任凭它们怎么叫，我也没了期盼和欢喜。我知道，我为之悲伤的，不是少年锦时不在，而是那些眼里暗淡不见的星星，是父辈们老去的容颜，是回家叫再多遍也没人应声的再也见不到的亲人。

网上有个段子："我去收拾旧物，一堆玩具士兵在排兵列阵。我问：'你们在做什么？'士兵回答：'我们在等司令回来。'我一愣，犹豫了一下，说：'你们的司令不会回来了。''司令死了吗？'士兵们问。'不，他只是长大了。'"

那些少年啊，他们长大了。

运河岸边有人家

17 岁离家去台湾省，40 多年后才得以回到故乡河南南阳的诗人痖弦，晚年定居加拿大。他漂洋过海，从南阳运走祖母和母亲生前用过的槌衣石，安放在温哥华的家门前。也许在梦里，他还能听见那洗衣的槌声，仿佛她们还在身边。

那是一种怎样的乡愁啊。

一河，一船，一桥
被装进记忆的相框

两千多岁的京杭大运河打京城一路向南至杭州，一路上融汇了四方之水，辗转流淌到了山东济宁微山

的地界，流过村庄，又绕城而下，从微山湖穿流而过，愈发清澈温润。运河两岸，白墙黛瓦依水而筑，青石桥边绿柳夹岸，鹅鸭成群水中畅游，细橹轻摇枕水而眠，岸边洗衣女槌声嘭嘭，三两顽童逮鱼捉虾，处处是一副水乡小城的模样。

姥姥家在运河边上，我童年的故乡，也在运河边上。从我家撑船走十多里水路，可以直接到姥姥家。

几十年前的运河边，野兔们白天潜伏，吃庄稼地

里的黄豆、玉米，然后在夕阳西下、月亮升空时出来活动。中秋节前后，正是野兔频繁出没的时节。月明之夜，在沙河崖北，常会有逮野兔的壮汉，牵狗架鹰，在运河大堤上溜达。只要野兔一出现，肩上的鹰便像离弦之箭，一翅膀打晕野兔。与此同时，狗一个箭步冲过去，一口咬住献给主人。第二天将野兔拿到集上卖了，买了野兔的人中秋节就多了一道下酒菜。

因为运河底全是河沙，运河常年发大水，水漫河堤，水退去，河沙就留在了堤上。日积月累，河堤变成了沙地。沙地种地瓜再好不过，结的地瓜极好，是栗子味的，面而香，别的地方长不出这么好吃的。因为品相好，生产队也格外上心，有点肥料就撒到地里。丰收的地瓜被分给各家各户，然后家家煮地瓜，满村地瓜香。

几十年前的运河水，清澈见底，鱼虾成群。

童年最开心的事是去姥姥家，和姥姥、姥爷打个招呼就急忙跑去河边，用罐头瓶抓鱼玩。瓶口系一根细绳，里面放些碎煎饼，斜着瓶口放到水里，小鱼一进去吃煎饼，立马迅速提拉瓶子，就抓到鱼了。

小鱼太多了，手脚伸到水里，鱼儿成群结队地游过来啃食，啃得痒痒的。一片柳叶儿飘忽到了水面，小鱼以为是吃的，飞快地游过来一群。那边又落了一片叶子，叶子下接着又黑了一片。或者挖出一条从河边到岸上的小沟，沟的一头挖成小坑，不停泼水把鱼儿顺着沟赶到坑里。玩够了，再放回河里。

舅舅是抓鱼高手，自己做个鱼叉，看到大鱼靠近，叉子嗖的一声飞出去，几乎一叉一个准。我们拿着大盆跟在舅舅身后，抓一条就用盆装一条。后来鱼多了，一个人端不动，就两个人架着盆像螃蟹一样横着走，一路傻笑不停。

不抓鱼的时候，沿着河边走，还经常能捡到鹅鸭下在河边的蛋。有一回，我居然捡了两个。

夜幕降临，乡人干了一天活，就在运河里洗澡。男的在这边，女的在那边，中间隔着不远不近的距离。晒了一天的河水是温热的，河底清浅，河沙细软。河水洗过的头发，黑亮顺滑。河岸树丛里鸟叫虫鸣，男孩们戏水扎猛子打闹不停，到处乱蹿。一会儿就有人喊，过界啦，过界啦！原来有调皮的小子游到女的那边去了，少不了被赶回去。洗完了上岸，不时有大人喊着孩子的乳名，要回家睡觉了。

运河上起初是没有桥的，只有一条孤零零的小船横在岸边。有着急办事或走亲戚的，就自己撑船过去。船是姥姥村里的，所以大多时候都停在姥姥家的北岸，南岸有人要过河，就要招呼北岸的洗衣人把船撑过去。顽童帮忙撑船时，大方的人还会给一两分钱作为打赏。后来乡人集资修了一座木桥。又过些年月，车多了，木桥无法承重，又修了一座石桥，名曰便民桥。

河边的古槐和古泉
见证生生不息的变迁

姥姥家正对着的这段运河北岸曾是个繁忙的码头，南来北往的船只和乡人一年到头川流不息。

北岸有一座春秋阁庙，庙里供的是水神。庙东有一棵四百多年、"怀中抱子"的古槐，名曰龙爪槐。古槐东南角有一眼清泉，名曰双龙泉。老辈人说，这泉从运河开凿时就存在了，终年流水潺潺，喷涌不止。有古庙有古槐，又有千年古泉，此处便多了些神秘色彩，抑或说更像一块福地。南阳岛使船的渔家人乘船经过，都会停船来庙里上香。每年三月敬水神，香客纷至沓来，庙里终日烟雾缭绕。上完香，香客们还会把铜钱、古玩等贵重物件扔进运河中，暗自在心里讨个好的愿念。

龙爪槐是一棵国槐，树围3米多，树干高5米多，怀里的子树树围也有1.3米，需两个大人张开手臂才能围拢。树冠覆盖面积达350多平方米。枝干虬曲苍劲，布满了岁月的皱纹。古槐从未让人失望过，即便有一段已经枯死，也没影响它年年遮天蔽日、枝柯交错、浓绿如染、昂首云天。秋天，槐树结满了槐豆，香客们也会捡拾几颗回家,仿佛这些槐豆也沾了水神之气。

古槐的作用不仅仅是遮阳祈福,几百年间,它又不知不觉地承担了月老的角色。

大王庙人相亲,大都相约在古槐树下见面。媒人领着小伙子在树下等候,一会儿,打扮一新的女孩子也被媒人领来了。也有特别害羞的人,不愿去树下见面交谈,只趁着人多,远远地相互偷看一眼,看对眼了,就去树下聊,觉得不满意,就各自回家了。

双龙泉终年清澈甘甜,周边几个村的人都吃这泉里的水。我也担着铁桶给姥姥挑过水。泉口是圆的,直径两三米,泉底不停地往上冒着一串串的气泡。我趴在泉沿往里看,里面清晰地映着蓝天、槐树和扎着小辫子的我。

双龙泉有3米多深,到了丰水期,泉水会漫过泉沿,顺着一条小沟汩汩地流入大运河。每年春天水位最低的时候,村人会齐钱进行隆重的扒泉活动——委派两名壮汉把泉壁清理干净,好让人们吃上更干净的泉水。扒泉之前要先放鞭炮,寓意不得而知。壮汉先用水桶把泉水一桶一桶提上来倒入运河,直到把水清干,再把泉底和四周清洗冲刷干净。因泉眼由石头砌成,经年累月腐蚀出很多小洞，里面就生长了很多鳝鱼，每年都能从泉底清出一大盆。这些鳝鱼就归扒泉人所有了。围观的人艳羡不已，称赞着鳝鱼的肥美。

二十世纪六七十年代，血吸虫病在很多地区流行，当时做赤脚医生的三姨夫挨家挨户扎耳垂取血化验。化验的结果是，周边村庄多有感染，唯独大王庙村无一人感染。

大王庙村有老人说："要好好感谢古槐和古泉啊，没有它们的庇护，村里哪能这么多年平安无事？"

古槐像一个饱经风霜的老者，不言不语，见证了大王庙村生生不息的变迁，承载了一代又一代村民的悲欢与希望。

运河底挖出来的古钱
抓一把换一斤盐

二十世纪五十年代到七十年代，每年冬闲，乡里和村大队都组织运河沿岸数万劳力去修水渠、修大坝、修水库、扒河。人们自带被褥、铁锹、扁担、箩筐、布兜、独轮车等工具，吃住在工地，少则一个多月，多则到明年开春。

扒河就是给河道清淤。没有机械，全靠人力一点点挖出来，再一点点从河底抬到岸边。布兜因为是用白布缝制的，长期使用会沤烂，晚上收了工，还会派人洗净晾干，第二天再接着用。

那时候挖河不给工钱只算工分。当时的人们大都吃不饱饭，但扒河的人却能吃到白面馒头，有人还能省下几个馒头带给家人。做饭的土灶就支在河堤上，每到饭点，香飘几里。

人们用布兜、独轮车把河泥挑上来，掺上麦糠，先堆在河堤上晒干。待小孩把晒干的河泥砸碎后，再拉到地里当肥料。小孩是没有工分的，但他们也不会白干。河泥里有大量的铜钱、银圆、铜壶、铜烟袋等，都是历年历代的香客扔进运河里孝敬水神的。结成块的河泥一旦被砸碎，这些沉寂多年的宝贝就纷纷见了天日。那个年代这些东西是不值钱的，孩子们只觉得好玩好看，回家后随意扔在窗台上的陶罐里。

其实又不只是用来玩，还可以当钱用。家里盐罐子空了，当娘的就会说，小乖乖，去抓把铜钱换点盐。孩子们就自豪地从陶罐里抓出一把，跑去供销社换一斤盐。供销社的售货员称出分量，有时候还能多给一两块硬水果糖。孩子们吃着糖提着盐，兴高采烈地往家跑。

流淌不息的运河水中，有无数挖河人的汗水。正是一代代先辈的辛苦付出，大运河才能千里涌波，滋养了无数运河人。

割芦苇编苇席
卖个好价钱

大运河和微山湖像兄妹俩，各自分流又唇齿相依。运河蜿蜒曲折流淌了一路，到了微山湖边又张开怀抱和湖水融为一体。

《秦风·蒹葭》里曰："蒹葭苍苍，白露为霜。所谓伊人，在水一方。"这里的蒹葭，就是芦苇。

微山湖盛产芦苇。人间最美的四月，数不清的芦苇嫩芽顶着枯枝败叶破土而出，以肉眼可见的速度疯长。这时节的芦笋可以炒菜、做汤、做成罐头，低卡又鲜美。到端午节时，芦苇就长成一副俊美的模样了。女人们呼朋引伴去湖里采摘苇叶，怕影响其生长，一株上面只摘取两三片最宽的,扎成捆去售卖,然后家家都忙着用苇叶包粽子。夏天,湖里除了万亩荷花,最多的就是芦苇,它不是公园里看到的几簇、几片地生长,而是长成一道道高而厚重的绿墙,迷宫一样,无边无际,伸向远方。当年,铁道游击队队员就是在芦苇荡里布下了"迷魂阵",把进去就出不来的日本鬼子打得鬼哭狼嚎。秋天,满湖的芦花随风招摇,夕阳衔水,分外凄美。到了冬季,芦苇叶片干枯,翠绿的苇秆逐渐脱水变成淡黄色,就可以收割用来编苇席了。被收割的芦苇荡只剩下深扎的苇根,静静孕育着来年的新生命。

姥姥家离微山湖远一些。到了农闲时,湖边人就割芦苇,将其卖给运河沿岸的人家编席用。用芦苇编席始于哪个朝代已不可考,只知道运河沿岸的女人,个个都会编苇席。

编席是个技术活,也是穷苦人家才愿意做的苦差事。编席没法偷懒藏拙,编得好不好,一眼就能看出。不好的没人要,尺寸不够的也没人要。

买来的芦苇要先剥皮去叶,名为剥苇子。剥完就要破篾子,把整根苇秆划开破成一整片,然后再把篾子放在水里浸泡。冬天，运河水被冻得像石头蛋蛋一样硬，砸都砸不开，取水全靠双龙泉。因为是泉水，冬天也是温热的，不会结冰，远远望去，泉上氤氲着，像妈妈煮好饭时刚掀盖的大锅。穿得花花绿绿的大姑娘、小媳妇们聚在泉边，提水、泡篾子、洗衣服。泡好的篾子有韧性，不容易断裂，和包粽子之前要浸泡粽叶有异曲同工之妙。泡完后需要用人力滚动沉重的苇碌把篾子碾压成平面。压好的苇篾子按长短分类，编席时根据长短在不同的地方使用。编好后进行收边，然后再压平，一领苇席才算编好。

"这闺女可能干了，一天就能编出三领席。"运河人家往往用一天能编几领席来辨别女孩能不能干。手快的一天可以编好几领，慢的也能编出一领。编好的席子分民用和官用两种，民用主要用作炕席或乘凉、晒粮食用，官用主要用作建筑工地搭工棚，或储存粮食的囤笆。为了赶进度，一天的编席时间多达十几个小时，白天黑夜都不歇息的也有。有月亮的夜晚，更是不能放过，家家在院子里的月光下编席。编席又苦又累，时间长了，浑身无一处不疼痛。眼毒的看一眼女人的屁股就能知道是不是编席的——因为常年坐在地上，那样的女人屁股大都是扁而宽的。老年后，也多见驼背者。

编好的席，要拉到八九里之外的镇供销社去卖。将席子按质量好坏分为一、二、三等，有检验员拿着尺子现场验席。只有验到一等席，一领席才能赚两毛钱；二等席不挣钱；三等席就要赔钱了。收购的苇席，一多半往大粮仓东北走，用来做粮笆。

姥姥家女孩多，个个都是编席的好手。二十世纪七十年代初，妈妈和爸爸定了亲，还没结婚。妈妈见爸爸穿的袜子都是破的，偷偷藏了一张编得最好最大的席，委托对门的邻居去镇上捎带着卖了，换了2.38元。妈妈用这钱给爸爸买了一双尼龙袜子。到结婚时，爸爸就穿着那双袜子。

卖了席子，可以买点地瓜干、大米、油盐酱醋茶，姑娘们还可以扯一块花布做件衣裳犒劳自己。有了编席的技能，虽无大富之家，也少见贫寒之人。只要愿意干，总归能吃饱饭。

童谣声声唱了又唱
重温过往湿了眼眶

辛劳的运河人也会在童谣中寻找欢乐。

流传在运河沿岸的童谣大都和亲人、牲畜、食物、农具、太阳、月亮等有关,其中又特别喜欢以月亮做开头。他们管做饭叫"揍饭"。有童谣唱道:

> 月姥娘,圆又圆,里头坐个花木兰。花木兰,会打铁,一打打个爹。爹、爹会扬场,一扬扬个娘。娘、娘会簸麦,一簸簸个妮儿。妮儿、妮儿会割草,一割割个小儿。小儿、小儿会揍饭,一揍一锅驴屎蛋儿。

> 月姥娘,八丈高。骑白马,带洋刀。洋刀快,切白菜。白菜老,切红枣。红枣红,切紫菱。紫菱紫,切麻籽。麻籽麻,切板铡。板铡板,切黑碗。黑碗黑,切粪堆。粪堆臭,切腊肉。腊肉腊,切苦瓜。苦瓜苦,切老虎。老虎一瞪眼,七个碟子八个碗。

麦收完,很快就放暑假了。一放假,孩子们最先去的就是姥姥家。孩子们又唱道:

> 月姥娘,打场场。割了麦,走姥娘。姥娘疼俺,

妗子瞅俺。妗子妗子你别瞅，楝子开花俺就走。

童谣中的楝子就是苦楝树，它喜好湿润的沃土，运河人家喜欢栽于房前屋后。苦楝的花为浅紫色或淡红色，风吹来，有微微的淡香。苦楝一开花，夏天就来了。花谢了，会结满一串串淡黄色的楝子豆，孩童捡来当玩具玩。外皮不能弄破，里面是苦的，还有点臭，所以称作苦楝树吧。

在济宁枣庄一带的运河沿岸，亲人会为新婚夫妇准备一张楝子木（谐音恋子）做的新床，寓意吉祥，又充满了爱子之情。

熟悉的运河童谣令人魂牵梦绕，牵引着人们去重温运河人家的过往，去了解运河文化的演变。

多年后，不知有多少身在异乡的老人，听着家乡熟悉的童谣，在回忆中湿了眼眶。

是夜，月光如水，水波拍岸。

河牵着村，绕着城；人挨着河，亲着河。

时光千年流转，人与河的故事，依然在继续……

回望八十年代

"希腊的夕阳至今犹照在我的背上。"这是木心对逝去光阴的怀念与感怀。

山山水水接近唐宋,理想诗意情感丰富,生活节奏依然慢,可以有耐心地看夕阳西沉,看月亮在云朵里穿行。初春可以看到花蕾半开、杨柳初绿,嗅到田野的芬芳。夏天闻着麦穗香,听着河水哗哗,河边有数不清的萤火虫,一家人围坐在小院的丝瓜藤架下吃晚饭。那是二十世纪八十年代。

百废待兴,欣欣向荣,妻贤子孝,亲朋相顾,年轻人团结友爱,情怀犹存,怀揣梦想,心系远方。文学蓬勃,体育兴达,电影、动画片、电视剧并驾齐驱、百花齐放。

人们生在红旗下,长在甜水里。干渴已久后,终于过上了正常生活，而欲望还没有侵蚀身心。青壮年的人生格言是，把失去的时间夺回来，向科学文化进军！人们聊着聊着天就会突然来一句：哎呀，这都八十年代了！说者腿一搭，骑上"永久"急急离去。

文学进入鼎盛时期

二十世纪七十年代，爷爷让爸爸去给不吃面食的我买大米，爸爸半路上却拐到新华书店买了书，被爷爷提着棍子满院子追打。

进入八十年代的中国文学，犹如一个刚进城的乡下丫头，指缝间惊鸿一瞥，旋即被绚丽多彩的花花世界打开了心门。爸爸疯狂订阅了多种文学刊物，《收获》《当代》《十月》《花城》《诗刊》《人民文学》《小说界》《山花》《啄木鸟》《小说选刊》……还有《大众电影》，众的繁体字看起来像个"泉"字，被百姓戏称为《大泉电影》。

锥处囊中，其末立见。做牙医的余华，画画的阿城，当警察的海岩……很多半路出家改弦易辙的文学青年刚试探着露出小半张脸，就显出了他们倾国倾城的颜。

家里几乎天天不断人，妈妈忙得脚不沾地，周日还要把她的学生领家来，免费给他们补习功课、做饭。他们临走时还要借走我家的书。

还有隔三岔五来串门的爸爸的文友们。他们戴着黑框眼镜，打了摩丝的头发梳得老高，穿着藏蓝色中山装。"白衣送酒舞渊明，急扫风轩洗破觥。"聊文学，谈理想，组织文学笔会，浩浩荡荡骑车去微山湖采风。

民间有善意调侃："男看金庸，女看琼瑶，不男不女看三毛。"三毛的读者群更多，不分男女。

几乎每个学生都有个小本子，写诗、抄诗，人人都是文艺青年。有大学生逃课，聚集在北京某个四合

院听诗人们读诗。顾婷参加诗会，需警察开道，现场数人高呼她的名字。诗人地位堪比巨星，走到哪儿都是万人拥趸。1984年，成都举办"星星诗歌节"，两千张票被一抢而光，2元一张的票价被炒到20元，没抢到票的还要破窗而入。所有的出口都被热情的观众堵死了，北岛怕被求签名的钢笔尖戳死，拉着顾城夫妇从厕所跳窗逃离。

"北大三剑客"之一的西川说，在那个物质贫瘠的年代，诗意让人们精神富有，并满怀勇气，等待明天。

苏童写的《青石与河流》，一个字没改就被发表在《收获》上。1979年复刊的《收获》发行量很快过百万，这让当时的主编巴金很担忧，宁可少印一些："满大街全是你的杂志，这是很可怕的。"《收获》在文学院更是成为抢手货，需要早早去阅览室排队才可能借阅到。传阅的人太多，很快就掉了封面。

童年就是各种玩

一个大生产队只有一个育红班。上一年育红班，直接上小学，小学一共上五年。

除了一年级入学报到时让家长送一次认认路，余下的时光都是自己上学放学。谁要是被家长接送能被同学笑话死：这么大了还让人送，他回家是不是还吃奶？哈哈哈……

渴了就喝生水。下课后有两件事：一是到水龙头那里排队喝水，二是叫上好朋友一起上厕所。玻璃瓶接满水后再放两三粒糖精，就能围上四五个孩子。放学路上凑一毛钱买一瓶橘子汽水，一人一大口，还要意犹未尽地咂吧着嘴。农村的学生，要喝水得跑到学校后面的村里找压水井，来不及压水的就直接拿瓢从人家水缸里舀水喝，主人也不阻拦。

放学听完《小喇叭》，早早写完作业，再看完动画片，就有几个孩子在家门口邀着一起去玩。谁家院子里的凤仙花盛开了，立马聚来好几个女孩子，忙忙碌碌染指甲。男孩子动手能力特别强，陀螺、蜡子、木手枪、木刀都是自己削出来的，粗铁条加上橡皮筋、几节废旧的自行车链条就能做成火柴枪。一根细竹竿锯成一节一节的，再穿透了用细麻绳串起来，加上两粒纽扣，就能做成两个小竹人，在课桌缝中来回拉动让它们"比武"。

印着五角星的军绿色书包里除了几本薄薄的书本，剩下的都是小石子、橡皮筋、玻璃糖纸、烟盒纸、泡泡糖、小人书、好看的树叶儿……

上学路上，扶盲人过马路，给陌生人推车；放了学，去公共场所拍苍蝇，去帮五保户干活。三月学雷锋，我是全校近两千个学生中的学雷锋代表，穿着妈妈做的布鞋上主席台讲话。

教室里没有电扇，没有暖气，冬天全靠孩子们轮流早去，生炉子取暖。

班里有锁长，脖子上挂着教室的钥匙，还有专门管粉笔盒、黑板擦的，管扫帚、拖把的……

教室是个古庙，房顶有一个大窟窿，一边上课一边往下掉土坷垃，掉瓦片。一到雨季大家都自觉地带个罐头瓶，一起撅着屁股把教室里的水舀出来。有一片瓦砸中了同桌，同桌捂着头说，幸好没砸到老师！

那会儿没有辅导班，从来不补课，孩子们特别盼着放假，可以去老爷爷摆的小人书摊前，把喜欢的小人书看个够。

大街上汽车很少，上下班满眼自行车。车后座带着媳妇，车前横梁上坐着胖娃娃，爸爸们还一样骑得飞快，颠得娃娃咯咯直笑。卖小吃的随处可见。一家一个小院儿，院里种着花花草草，养着鸡鸭猫狗。

童年就是各种玩，青春充满理想，人们对人生的体验更加完整。

街上流行红裙子

那是一个吃饱穿暖开始追求更美的时代。

万元户家里,大红色的幸福250摩托车是标配。留着长发,戴着蛤蟆镜,穿着箍身的小港衫、九寸的喇叭裤,双卡录音机往肩上一扛,就是整条街最靓的仔。喇叭裤只有一点不好,骑自行车时,裤脚不小心就会卷进链盒里,那就帅不起来了。

无刘海的黑长直,再把头顶两边的头发扎起来一绺,就是日本排球女将小鹿纯子的发型。妈妈们说散着头发像个疯子,女孩们还是倔强地松开马尾,把黑发披散在肩上,或者学《霍东阁》里的熊鹰翘,歪着扎到一边。

黑、白、灰垄断服装市场的时代一去不复返,街上开始流行红裙子。电视剧《血疑》热映期间,某针织厂抢先生产了一大批"幸子衫",很快被抢购一空。还有"光夫衫""大岛茂包",迅速成为风靡大街小巷的时髦标志。一个身穿"幸子衫"站在风中的短发女孩,能够瞬间激起青年男子的保护欲。

1983年春晚,主持人刘晓庆穿着从香港的大排档花5元港币淘到的一件红衬衫,合人民币2.15元。春晚结束后,全国掀起"晓庆衫"风潮。有人回忆说:"街上到处都是红衬衫，有一种天天都在过年的感觉。"

1987年春晚结束后，男人们蜂拥到理发店找Tony老师剪"费翔头"。人们穿着假领子、假名牌衣裳，跳霹雳，玩摇滚，学外语，说话故意带着广东腔。

戴块手表要露出来

八十年代有一句顺口溜：镶金牙的咧嘴笑，留分头的不戴帽，戴手表的露胳膊，穿皮鞋的走高道。

改革开放之前，人们的消费欲望被积压太久太久，生活又单调，娱乐少，加上住房、看病、上学都不怎么花钱，这时候，拿出多年积蓄买一件能娱乐或提升生活品质的东西，就很正常了。

先是家家都买自行车、手表、黑白电视机，八十年代末，基本就没有去别人家蹭电视看的情况了。然后就是缝纫机、冰箱、洗衣机，甚至有人花三四千元买个录像机。

1982年，有学生花60块钱买了一块北极星牌手表，戴着去上学。年底学校让学生填写困难补助申请，他也跟着填表，老师哭笑不得：你戴着手表听着收音机，要什么困难补助！

那时工人一个月工资几十元，一百多元一块的手表无疑属于奢侈品。戴着手表，袖子卷到胳膊肘，穿着皮鞋，白色"的确良"上衣口袋隐隐透出一张"大团结"，再插上一支钢笔。小孩吃糖——绝（嚼）了！买不起手表的，就借，借了去照相，去相亲……有人看不懂手表上的时间，也要买一块戴着，见人就抬起胳膊：麻烦你看看几点了。

娱乐圈叫文化圈

那时的导演只关注演员的表演能力，演戏酬金都很低。那时候的娱乐圈叫文化圈。

那个年代的流行歌，大都轻松欢快、振奋人心。施光南的歌点亮了那个时代年轻人的生活之路。《祝酒歌》《打起手鼓唱起歌》《在希望的田野上》《假如你要认识我》《月光下的凤尾竹》……他的歌充满了对美好生活的歌颂，对祖国的热爱，对传统文化的弘扬，成为经典的时代赞歌。

电影《少林寺》火爆空前。大爷被伙伴一人架着一条腿，以挤掉一只鞋、上衣被撕烂的代价抢到了三张甲级票。1987年版的电视剧《红楼梦》成为中国电视剧史上的扛鼎之作。1986年版的《西游记》复播三千多次,成为世界上重播率和收视率位居前列的电视剧。

在1984年的电影《阿混新传》里,严顺开唱着《年轻的朋友来相会》,和女孩告别。这首歌很快风靡全国,年轻人对遥远的二十一世纪充满无限向往与憧憬:

> 再过二十年,我们重相会,伟大的祖国该有多么美!天也新,地也新,春光更明媚,城市乡村处处增光辉……但愿到那时,我们再相会,举杯赞英雄,光荣属于谁?为祖国,为"四化",流过多少汗?回首往事心中可有愧……

歌坛"神仙打架",港台歌曲和电视剧开始大量涌进内地市场。有学生攒了好多天的饭钱,就为了买一盒几元钱的正版磁带。

工厂就是工人的家

有些城市建设是围绕着工厂做配套服务。工厂像一个小型社区,单位给分房子,不用考虑学区。厂里有托儿所、幼儿园、学校、医院、食堂、澡堂,女职工休完产假就可以把孩子带到厂托儿所。邻居都是一个单位的，啥事都相互照应，炒菜没盐了没酱油了就去借，连火柴没了都可以去借上几根。

工人的地位特别高，要是干车钳铣刨的就更高了，那是人人羡慕的技术工种。

下了班，看报纸、看书、织毛衣、下棋，夜校座无虚席，大家都铆足了劲儿学习新知识。

全聚德烤鸭、东来顺涮羊肉、狗不理包子、大白兔奶糖，成为人们到大城市吃美食的执念。

爸妈结婚时的被面五十年后还完好无损，风扇几十年后还能转，电风扇厂家都倒闭了。那个年代的人做任何事，唯有认真二字。

乡邻友善乡村美

农村人喜欢赶饭场。只要天不是太冷，家家大人小孩都端碗出来凑在一起，或蹲或站，一边吃饭，一边聊着家长里短。谁碗里有好吃的菜，都去夹上一筷子。谁家吃的什么饭，半个村都知道。

防震哥提着个空酒瓶，去供销社给他爹打酒，小鹏的爷爷又给他买了橘子瓣软糖，四唤家的母羊刚生了几只小羊，六奶奶家的烟囱冒着青烟，煮地瓜的香气飘了过来。三五只鸡在树荫的碎光里觅食，还要惬意地缩起一只爪子，猪在圈里酣睡，鸭子摆着腚下了门前的小河，大黄狗上蹿下跳，一派宁静祥和。

乡下没有路灯，月光下的小路却出奇地亮。下了晚自习，远远看到一个黑影走来，正紧张，发现是出来接自己的亲人。

地里到处都是干活的人。除草剂还没开始使用，除草必须在下午两点左右太阳最毒的时候，那样草才能很快被晒干晒死，不然过一夜又起死回生了。孩子们放了学都去割草，谁家地里的草要是被人割了，还要气得骂上几句：谁割了俺家的草？俺家的羊还不够喂呢！

村子里每天都热闹得很。换馒头换苹果的，磨剪子戗菜刀的，修伞的照相的，崩爆米花的吹糖人的，卖小鸡、小鸭的卖冰棍的，卖香油的锔盆锔锅的，还有走街串巷卖针头线脑的。无论哪一个来了都能让安静的乡村瞬间喧闹起来。

奶奶们梳头掉下来的头发都塞到土墙缝里，一是可以换针用，二来家家户户都有小鸡、小鸭，头发乱丢怕它们缠到脚上。

庄稼一枝花，全靠粪当家。路上捡牛粪，如果粪箕子满了，拿树枝在牛粪上画个圈，别人看到就不会捡了。

那时候，贫富差距极小，乡亲们都是互相帮忙，没有谁瞧不起谁。

八十年代末，开始有年轻人陆陆续续离家远行。打工潮来临，乡村逐渐归于沉寂。物质欲望空前膨胀，一轮又一轮经济大潮席卷而来。

评论家刘绪源感慨："那是我们的一个傻傻的年代，犹如青涩的青春期。它也许充满着幼稚和错误，然而，它同时也代表着一种激情，一种积极向上的蓬勃的生命力。"

那是一段热火朝天、激情燃烧的岁月，云层簇拥着理想主义者们最后的余晖，压进深海般的内心。

春风来年桃花红，岁月不容再少年。总有人迎着时代前行，又总有人站在历史的尘埃之中，静静回望。

时光难以阻挡时代的脚步，美好属于坚定前行者。

万物可爱

想起故乡,每个人心里都有一样东西,可能是村头一棵年年开花的老槐树,一个上百年的石臼,一位乡人,一片麦田,几间老屋,纵横的阡陌,一弯流淌不息的河流……

风吹麦浪

想起故乡,每个人心里都有一样东西,可能是村头一棵年年开花的老槐树,一个上百年的石臼,一位乡人,一片麦田,几间老屋,纵横的阡陌,一弯流淌不息的河流……他们是那样的平常,可它们在故乡,一直在,让我们在异乡每每想起,都仿佛是童年透过指缝的那点光,给你温暖,让你盈眶。

关于故乡的很多记忆,都和一片麦田有关。

小学五年,我辗转读了三所学校。每一所,都要经过一大片麦田。

大路边有两排茂密的杨树,很美。但大路上车多人多,上学放学时,我不太喜欢走大路,偏要绕道从麦田中的小路穿过。

路很窄,只能一人前行。两个羊角辫忽闪忽闪,书包在屁股后面一颠一颠,手里拿着捡来的树枝儿,一路走,一路找寻野花。

我最喜欢的是苦地丁。这是一种贴着地皮长的特别不起眼的紫色小花,因为它,一生对紫色都难以抗拒。

国庆节前后,麦粒被播种。不久,就冒出了嫩芽,一天长似一寸地抽长。天气渐凉,麦苗尖上挂满了晨露,一颗颗,折射着希望的光。

走在田间小路的脚丫上,凉鞋换成了单鞋,单鞋又换成了棉鞋。

冬来了。大雪不声不响落了一夜,绿油油的麦田一夜间成了纯净的白色。我担心雪会冻坏麦苗,要把雪扒开。妈妈笑:"不会的,这就等于给麦苗盖了一层厚棉被,就像宝宝躺在妈妈的怀里。这就叫瑞雪兆丰年。"

我懵懵懂懂。

第一所小学的教室是由几百年的古庙改成的。教室门口有高高的台阶,每次上课铃响,我走不稳,要爬上台阶进教室,下课了再倒着爬下来。

上学放学跟着爸爸。冬夜,回家路上穿过一个村庄,有狗冲我叫,我吓得缩到爸爸的大衣里。爸爸搂紧我,我被裹着前行，顿觉安全了许多。

再往前就是麦田，麦田旁有个大坑，坑底有水塘，塘里有青蛙，各种水草、野花野草在恣意生长。那年夏天，在一个大雨天，爸爸背着我路过坑边，不小心滑倒了。我被摔到了坑底，浑身是泥，青蛙从我身上蹦着跳着，鼓着眼睛和我对视。

最喜是春天，草绿花红像是一夜之间的事。地气稍有松动，沉睡一冬的麦苗开始迅速返青、拔高。风开始变暖，温柔地拂过面颊。弟弟自己糊了一个风筝，五六个孩童跟着他，去麦田里放飞。猫狗跟在孩童后面，在麦田里撒着欢。

回到家，妈妈把手伸到弟弟的棉袄里面摸，全是汗：棉袄不能穿了，要换毛衣了，天热了。

"城中桃李愁风雨，春在溪头荠菜花。"春天里，我最常干的事就是和小伙伴们去麦地里挖荠菜。荒地里的荠菜面相粗糙，灰头土脸，叶片被冻得青紫，恐被人挖了吃了，还没长大就忙着抽穗开花结籽。相反，麦地里的荠菜有高而密实的麦苗呵护着，要鲜嫩很多。

我年龄小，挖得慢，常常担当找荠菜的角色。每每发现荠菜多的地方，就大呼小叫、呼朋唤友一起挖，发现一棵大的,还要大声惊叹它的肥美,才舍得挖下来。到回家时,就属我篮子里的荠菜少,二凤会从自己篮子里抓一把,小薇也从自己篮子里抓一把,我的荠菜多了起来。真高兴啊,可以回家包荠菜饺子了。

麦苗开始疯长,开始抽穗了,开始灌浆了,麦仁鼓起了!选了最饱满的麦穗,揪下来,俩手合拢搓掉麦皮,双手来回倒着,一边倒一边吹走麦皮,只余留几十粒青嫩的麦仁。一把倒进嘴里,清香满口!

麦穗再老些,青里泛黄时,就可以带着麦秆折下,用火燎着吃。

青绿的麦田,像画画时的调色板,一点点往里调着黄色。直到有一天,调色板被打翻了,天地间只剩下金黄色,连天空都被映得变黄了。风吹来,无边无际的麦浪像波涛一般一起一伏。

起伏间,麦穗在沙沙作响,麦粒个个圆鼓鼓的,好像随时要炸开。"麦浪卷晴川,杜鹃声可怜。"布谷鸟的叫声开始响彻房前屋后,随着叫声找寻,却看不到它的踪影。

麦收是北方农村一年之中最繁忙的时候。外出打工的都要想尽一切办法请假回来帮忙。学校也放假了,叫麦假，会持续十多天。

去年挂在老屋窗下的镰刀被取下，男人们囔囔磨着镰刀，用手反复试着刀锋，像时刻准备上战场的勇士。镰刀的头和把的连接处活动了，又忙着找工具来修补。

女人们把盛粮食用的口袋找出来洗净晾干。装粮食的大瓮里外都打扫干净。打麦场要提前用清水打湿，两个人拉着碌碡反复碾压至光洁平整，保证麦粒堆在上面，扫不起一丁点碎土。

家里只要能动弹的人，都会参加麦收，很小的孩子就去地里送水送饭。连狗儿都跟着上蹿下跳，凑个热闹。

一切都透着庄重的仪式感，忙而不乱，井然有序。

麦收时节是没时间做饭的，每分每秒都在跟老天爷抢食。提前一个月腌制的咸鸡蛋、咸鸭蛋，这时候正好咸淡适口，煮熟了，扒了皮卷到煎饼里，就着一碗开水，一顿饭就打发了。

一场龙口夺食的战争随时要打响！

太阳火辣辣的，麦子熟得要恰到好处，麦秆一碰就酥脆，这样才能在割麦时好下镰。所有的麦子要赶在雨天前割完。有一年，麦子还没熟透，一场暴风雨来临，麦子全倒了。那年蒸的馒头又黑又黏，口感和卖相都差得远。

开镰割麦了。天已经很热了，凌晨两三点就要下地，各家各户都铆足了劲儿，比着谁家去得最早。

有人在前面割，有人跟在后面把割倒的麦子扎成捆，都是技术活。技术不好的，会割破手脚，撕点布条缠上，继续割。麦捆若扎不好，一拎起来就散开了。

麦田真大啊，直起酸痛的腰，抬头看了又看，似乎望不到边，总也割不到头。汗珠子从脸上不停地滑落，湿透了全身的衣服。

几位小媳妇割累了，一屁股坐在地里，实在是累极了，得找点乐子啊。其中一个和临地的女伴们递个眼神，一脸坏笑，打着哑语。

单身汉团结正弯着腰专心割着麦子。几个小媳妇一哄而上，三下五除二，扒了团结的裤子！团结死死摁住底裤，在地上打滚求饶，小媳妇们笑得前仰后合。一群人都笑瘫了，抬头看着天，太阳仿佛也在咧嘴笑。

笑完乐完了，她们相互鼓着劲儿，爬起来继续割。疲惫似乎少了很多，速度明显加快了。

单身汉团结被几个小媳妇在麦地里扒了裤子的事

很快就在村里传开了。所有人说起来都一脸坏笑，唾沫星子横飞，那夸张的表情神态好像是亲身参与者。

事后，几个小媳妇和团结在村里走了顶头，小媳妇作势还要扒他的裤子，团结被吓得扭头就跑。

一个村子的人，为这事笑了好几年。

孩子们来送水了，小心翼翼，一前一后抬着，是瓦罐或塑料桶装的凉白开，还有咸鸡蛋、咸菜和煎饼。

夜里，麦场里亮着十多盏二百瓦的大灯泡，连夜打麦脱粒，一天二十四小时不停不歇。

全家人分工合作，相互配合着。解开麦捆的人，给打麦人递上麦子，打麦人把一把把麦穗摊平续到机器里，机器的另一边就出来脱了皮的麦粒。一个人撑着口袋，一个人用木锨装到口袋里，一个人把口袋装到地排车上。

男人女人都累极了，最盼望的事是停电。打着打着，因为超负荷用电，电停了，麦场一片漆黑，女人们立马欢天喜地——终于能靠着麦垛打个盹儿了。只一两分钟，麦场上，鼾声此起彼伏。

夜，好安静啊。

起风了，人们开始扬场。数十万斤麦子，被一锨一锨扬到半空中,划着好看的弧度,再落下,麦皮、麦壳和麦粒就分开了,一直扬到杂质全无、纯净金黄。

麦子被晒得干透了,大人们用木锨把它们装进袋子。装满麦子的口袋像一个个吃得浑圆的胖小子,一溜儿排在麦场上。

主人们只是看一眼口袋就满心欢喜,那是辛苦大半年的汗水换来的果实啊。孩子的学费、老婆的花衣服、孝敬老人的零花钱,都要靠这些麦粒换取。

装好的麦子被一车车拉回家,在房前屋后的平地上晾晒一周左右,就可以倒进高高的粮瓮里了。

如此这般,颗粒归仓的使命才算完成。这边刚装满封严瓮口,叔叔家的弟弟就溜进大爷家,一把拽开了粮瓮下面的木塞,粮食哗哗地往外淌。大爷佯装生气,拿起扫把就满院子追赶,婶子们端着碗哈哈笑。

脱完粒的麦秸被叉子叉起,码成麦秸垛。垛越来越高,直到比人还高,变成一个圆形。一部分麦秸被拉到造纸厂卖掉,两人拉车,一人坐在麦垛顶部。路过陌生的村庄,女娃们会拿着竹耙把散落在路边的麦草耙干净。一部分会堆在麦场上,那是烙煎饼的好柴火,火苗不大不小,恰到好处。

烙煎饼时往未燃尽的火堆里扔几个小地瓜和土豆,

一会儿煨熟了，扒了皮，吃得满嘴香。

　　用新麦子打成糊糊烙的煎饼，叫新麦子煎饼，分外好吃，每一口都带着浓浓的麦香。还可以把时令的蔬菜和豆腐切碎了，各种调料拌匀，铺在煎饼上，等煎饼变得金黄，菜也熟了，卷起来，切成一块一块的，就是美味的菜煎饼。

　　麦场上到处是一堆堆金黄的麦秸垛。孩童们放了学，这里就成了游乐场。

　　男孩们耀武扬威地推着铁环，或者挖个小洞玩玻璃球，甩着用烟盒折成四方形的纸牌，力气真大啊，甩得衣襟都飞到头顶。女孩们喜欢玩跳房子、丢石子、丢沙包、跳橡皮筋。天黑了，又开始捉迷藏。不管玩什么，孩子们总是开心得很。

　　一群蜻蜓在麦场上空绕来绕去地飞啊飞，各种颜色的都有，以黄红色居多。有孩子从家里拿来大扫帚扑打蜻蜓。扑到了，小心翼翼地从扫帚上取下来，不能伤了它的翅膀和身子。

　　腾不出手拿，就把翅膀含在嘴里。扑到的蜻蜓多了，嘴巴都含不住了，把蜻蜓取出来，又放飞了。孩子们将胖胖的小手挡在眼前，霞光从指缝中漏出来，蜻蜓一个个消失在晚霞中……

一百多年前的日本民谣《红蜻蜓》,现在听起来还是这么拨动心弦:

> 晚霞中的红蜻蜓啊,
> 你在哪里啊?
> 童年时代遇到你啊,
> 那是哪一天?
> ……
> 晚霞中的红蜻蜓啊,
> 你在哪里啊?
> 停歇在那竹竿尖上,
> 是那红蜻蜓。

月亮出来了,照亮了麦秸垛。有相好的青年男女躲在麦秸垛下聊着亲热的话儿,一片云彩过来,遮住了月亮,天暗了一些,男孩趁机在女孩脸上亲了一口……

麦田尽头有人家。糊了白莲纸的木窗,灯光在黄昏时亮起,有身影在光影里摇曳,那是童年的你,和我。

那些歌儿

做中国人是什么体验?

有人说,认得汉字,识得诗词,赏得风月,看得武侠,不知道是多少辈子修来的福分。

这种福分,在中国歌里就多有体现。

一

那一代,歌坛众星闪耀。

当年,写武侠的金庸,写科幻的倪匡,写美食的蔡澜,写歌词的黄霑,并称"香港四大才子"。

顾嘉辉和黄霑的"辉黄"组合,是无数人心目中不可逾越的存在。双雄联手,撑起了二十世纪七十到九十年代的华语乐坛。安静内敛的顾嘉辉创作了无数电视剧主题曲和插曲，其中《射雕英雄传》（1983年版组曲）、《上海滩》、《万水千山总是情》等被世人钟爱多年而不衰。当年这几部电视剧在内地播放，主题曲一响，众人疯狂往家跑。

有人说，黄霑一定程度上是个文士，有才气，有情怀，其博士论文就写了香港流行歌坛的起起落落。这种文气，于李白是"千金散去还复来"，于杜甫是"无边落木萧萧下"，于苏轼是"明月几时有"，于曹雪芹是"满纸荒唐言"，于黄霑，就是"沧海一声笑"。

《沧海一声笑》全曲多有笑字，听来却有悲意。歌词更像一首豪放派宋词，慷慨激昂，沉郁顿挫，豪情满怀，气盖云天，前奏是来处，歌声是归途。还有满身满嘴的黄沙味儿，那是武侠电影里的漫天黄沙，是马下飞尘，是大漠孤烟，是长河落日。红尘俗世奈我何，我自饮酒乐逍遥。

"少年子弟江湖老，红粉佳人两鬓斑。"2004年，黄霑远去，江湖亦消。荧屏里的大侠，纷纷涂着脂粉忙着谈情说爱，家国情怀、侠肝义胆，渐去渐远。

二十世纪七十年代，许冠杰开创香港粤语流行曲的潮流，被称为香港歌坛第一代歌神、香港流行音乐祖师，亦是粤语白话登上大雅之堂的开山鼻祖。

他的歌，每一首都是那个年代的味道。MV里，他穿着背带喇叭裤，留着大包头，用树枝轻拍着水面，时代意境，尽显于斯。

他的歌，市井而欢快，看似风轻云淡，却朗朗上口，调侃人生，笑里含泪。就像穿着破衣裳的老爷爷背着大背篓，小孙子背着小背篓，一起去山里砍柴，穿花丛，蹚小溪，青山绿水，温阳和煦。

他的歌，总有浓浓的人文情怀，就像一个老大哥在耳边谆谆教诲。没有无病呻吟，没有矫揉造作，言之有物，察之有情。

《浪子心声》的填词是许冠杰和黎彼得，口语化的歌词写得鬼马诙谐。1993年，黎彼得客串《唐伯虎点秋香》里那个口里念念有词的华府老师，黄霑演的是留着一把长美髯的华太师。

邓丽君是中国台湾歌坛的扛把子，香港在许冠杰之后，进入"谭张争霸"时代。1987年，谭咏麟宣布不再领奖。两年后，张国荣退出歌坛，专心去拍电影了。一代新人换旧人，四大天王崛起。

二

青春是一本太过仓促的书，我们懵懂期许，含着眼泪，伴着迷茫，掀过一页又一页。

二十世纪八十年代末的夏日黄昏，旧风扇吱嘎作响，二大爷叉着腰，白衬衫披在肩上，嘴角叼着"大前门"，穿着一双破拖鞋，一把芭蕉扇不停拍打，留声机里转动着黑胶唱片，放的是邓丽君、刘文正、费翔、张蔷的歌……我倚着泡桐树，手里的老冰棍儿正在融化。

进入大学，我太喜欢唱歌，洗澡时唱，走着路唱，坐公交车时唱，晚上在宿舍里也唱。周末，我和同学一起偷偷去五角场买境外来的卡口磁带，索尼录音机连着音响，放着《500 Miles》《Yesterday Once More》《斯卡布罗集市》……听着歌儿，写着功课，窗外，一棵广玉兰，一棵枇杷，蝉鸣树间，夏日悠长。

彼时，陈慧娴重回乐坛，孟庭苇正红得发紫，周慧敏的海报被很多男生贴在墙上，走廊里环绕着辛晓琪的《味道》，女生故意唱错歌词：想念你的臭袜子，和你身上的味道……学校文艺晚会上，同学老桑唱着山东方言版的粤语歌，众人起哄吹口哨，佯装要赶他下台。刘同学晃动着身体在嘶吼，唱的是窦仙儿的《无地自容》。气氛到了高潮。

　　黑豹成为中国摇滚的天花板，开局就打了个王炸。有人说，那年，我一开录音机听黑豹的歌，半条胡同都安静了。再也没有人能像窦仙儿那样，把摇滚演绎得桀骜不驯、野性十足、洒脱奔放、银河爆裂。

　　那时，传呼机尚在研发，没人知道手机是个什么东西。下了课，除了跳舞、看电影、踢球，最流行的是滑旱冰，少男少女挤爆了旱冰场，音乐标配是黑豹。有女生滑过，舞动的长发透着幽香，转头看的男生摔个四仰八叉。喇叭里唱道："也许是我不懂的事太多，也许是我的错……"

　　1993年，如日中天的黄家驹意外身亡。

　　2021年的日本冬日暗夜，街边，表情冷漠的路人匆匆而过，一位男青年弹着吉他，动情地用日语唱着《海阔天空》，唱到中途，突然转成粤语，一旁默默静听的一位中国女孩早已泪流满面。时光如水，世间纵有千万曲，人间再无黄家驹。

　　《蓝莲花》是许巍写给玄奘的歌，却激励着许多人度过最艰难的时期，治愈了无数抑郁症患者。"没有什么能够阻挡，我对自由的向往。""曾梦想仗剑走天涯，看一看世界的繁华。"每个人心中都住着一朵永不凋谢的蓝莲花，那是我们的青春与向往。

那年，学工科的郑钧大学毕业，别人忙着找工作，他却要去北京做歌手。成名后，在某大学露天电影场，郑钧对着话筒说："来的路上，你们学校领导说，除了《赤裸裸》，别的歌都可以唱。那么，我的第一首歌就是《赤裸裸》。"

那是摇滚的时代。

三

迷恋民谣的人说，民谣有三：爱情、理想、远方。听者有三：孤独、平庸、落魄。听后有三：费烟、费酒、费心。

爱听民谣的人都有理想，虽然早就被现实虐了千百遍，理想却在心中迟迟不肯离去。民谣相伴，一盒烟，两盘菜，几瓶酒，听到以梦为马，四海为家，听到窗外雪落，潸然泪下。

从酒吧出道的叶蓓成为"校园民谣唯一女声"，嗓音干净，又纯又飘，在各大校园演出时，一张口，现场效果堪比 CD。

1994 年，老狼凭借《同桌的你》，带着校园民谣杀出内地乐坛重围。

1996年，16岁的高中女生王泽写了一首校园民谣《心愿》，四个女生一起合唱。歌词简单娓娓道来，曲风清澈不绝于耳，带着一丝淡淡的忧伤，一经推出就在中学和大学广为传唱。上课学生打瞌睡，老师就放这首歌给大家提神，然后全班大合唱。当前奏响起，就仿佛陷入一场关于青春的梦里。那里有洒满阳光的走廊，有微风掀起的书页，有薛涛笺上的懵懂情书，有满地的白月光。整首歌没有一字提到青春，听了却让人瞬间回到青春。四个女生出道即是巅峰，然后各奔天涯。那该死的爱人，总是爱而不得；那该死的挚友，总是远在天边；那该死的青春，已留在逝去的风里……

那个白衣飘飘的纯真年代，喜欢一个人，不用有车有房，而是那天阳光正好，你穿了一件白衬衫，眼眸清亮，笑容青涩，喇叭里的民谣，又恰好是你喜欢的。

一切都回不去了。

即使彩霞满天，最后终究是暮色四合。老歌唱的不仅仅是歌，还有每个人肆意张扬、似曾相识的青春。

这一夜，星河渐隐，微光尚在。

感谢那些人，感谢那些歌儿。

萱草花开

电影《你好，李焕英》的片尾曲叫《萱草花》，好多人对此花并不熟悉。其实在中国，代表母爱的花并不是康乃馨，而是萱草花。它的性情像母亲一样包容宽广、朴实坚韧，从平原到海拔 2500 米的高处，从山野溪畔到大街小巷、东西南北，无处不在，恣意生长，给点土就开出满眼的橘色，灿若晨星。

幼年时，妈妈在庭院的泡桐树旁种过萱草花。它没开花时，像一株野草，令人忽略它的存在。它的根系极为发达，每年都要除掉一些，不然会很快蔓延成一大片。春天，从根部生出细长的叶子，又抽出纤长挺秀的花茎，花朵生在茎端，在夏秋开出橘红或橘黄色的花，形似百合，颜色虽鲜艳，却并不夺目，反而有兰花的清雅俊秀。一朵花开了，旁边许多长荚形的花骨朵也挺直了腰板，鼓着腮，期待着明日的绽放。它的花期短得令人心疼，一朵花，开过一日便凋谢了，英文名 day lily（一日百合）大概由此而来吧。

那一年，萱草花刚开了几朵，喜欢观察又嘴馋的弟弟看着形似黄花菜的花骨朵说："妈妈，咱家种这么多黄花菜，怎么不摘下来炖肉吃呢？"妈妈笑了："这可不是黄花菜。黄花菜、黄花菜，开出来是黄花的才是黄花菜，这个开出来是橘红色的，有毒的，不能吃哈。"

彼时，爸爸远在西藏工作，一走就是两年。我时常看到奶奶扶着门框望着天上发呆。那随风摇曳的萱草花，不知道隐藏了多少奶奶和妈妈对爸爸的牵挂。

在古人眼里，万物皆可爱，花花草草都像人一样有灵性，有情趣，有喜怒哀乐。他们喜欢和花草做朋友，称之为师、友、客，甚至为婢。萱草花因为有忘忧的含义，被称为欢客。展开萱草花几千年的历史长卷，人们赋予了它三种美好内涵：一曰忘忧，二曰宜男，三则代指母亲。

萱草又名谖草，谖就是忘的意思。最早文字记载见于《诗经·卫风·伯兮》："焉得谖草？言树之背。"

另一称号是忘忧草，《诗经疏》称："北堂幽暗，可以种萱。"北堂，和正堂相对，为妇女盥洗之所。古人多以北堂指代母亲的房间，或直接指代母亲。古时候的游子远行前，会在北堂前种满萱草，希望美丽的萱草花能减轻母亲对孩子的思念，忘却烦忧。萱草一旦开花，就表示孩子在外一切平安，开得越盛，越是吉祥。

文韬武略、心怀家国天下的辛弃疾感叹："叹人生，不如意事，十常八九。"连一向旷达乐观的苏轼也曾有过"持节云中，何日遣冯唐"的灵魂发问。其实，哪里又有真正无忧无虑的完美人生呢？人们喜欢叫它忘忧草，不过是为了排解愁绪，寄托美好的理想罢了。

萱草还叫宜男草，宜男的含义在国画里也偶有体现。

1985年的母亲节，台湾省发行了两张邮票，一张是康乃馨，另一张就是萱草花。

古人车马慢，情感却细腻绵长。几千年来，人们说起萱草，就是对忘却忧愁、对多子多福、对母爱的渴望。画家画着，作家颂着，诗人咏着，歌里吟着，所表达的，都是诉不尽的深情与哀愁。

把萱草花作为咏吟题材的作品数不胜数：曹植为

之作《宜男花颂》；夏侯湛为之作《宜男花赋》，赞其体柔性刚像母亲一样的美好性情；苏东坡为之作诗，"萱草虽微花，孤秀能自拔。亭亭乱叶中，一一劳心插"。

和贾岛共称"郊寒岛瘦"的唐代"诗囚"孟郊，一生命运多舛，幼年丧父，三次进京赶考，46岁才考中进士，老年后又痛失三子。他擅长描写母爱，《游子吟》被世人传颂至今，相比而言，我更喜欢他的另一首《游子》：

> 萱草生堂阶，游子行天涯。
> 慈亲倚堂门，不见萱草花。

石阶旁开满了萱草花，心爱的儿子远走天涯，母亲每天靠在堂门前，翘首期盼，却不见儿子归来。把一位盼儿归家的老母亲的形象刻画得至情至性、动人心扉。细看萱草花纤长柔弱的姿态，竟真有几分神似探身远眺的母亲模样。古时候，没有通信设备，交通也不便，儿子远走他乡，一行数千里，意味着很多年甚至一辈子都无法联系，哪怕客死他乡也无从知晓，而母亲依然还在家中苦苦等待。然而，再多的萱草花开，也抵消不了母亲对儿子的思念和牵挂啊。

> 朝原思眷令，夜船梦萱草。
> 寸步隔河山，怒焉伤怀抱。

与宋濂并为"一代之宗"的明朝开国元勋刘基，用萱草代母，诉说他路过家乡，因战事紧急没能上岸看望母亲，只能咫尺天涯，在梦里相见的伤痛情愫。

用萱草入画在国画里比较常见。萱草与寿石组合，意为宜男多寿；萱草和石榴组合，意为多子多福。张大千有一幅《宜男多子图》，图中绘萱草和石榴各一株，萱草正盛开，石榴皮炸裂，露出嫣红的石榴籽，其含义显而易见。萱草和石头、葵花组合，意为忠孝。清代花鸟画家王武就有一幅《忠孝图》，正像他的题跋所写：葵心向日，萱草思亲。正契合了忠孝二字。

老舍先生在《我的母亲》中写道：

> 即使活到八九十岁，有母亲便可以多少还有点孩子气。失了慈母便像花插在瓶子里，虽然还有色有香，却失去了根。有母亲的人，心里是安定的。

国人对母亲，从来都是充满深情的。古人称呼自己的母亲，除了家母或家慈，还会以萱代母。萱辰，即母亲的生日;萱亲,就是母亲的别称。给母亲祝寿,寿联上写着,"萱草挺秀辉南极,梅萼舒芳绕北堂",或"蟠桃子结三千岁,萱草花开八百春",或"金萱焕彩婺宿腾辉,蟠桃献寿桂馥兰芳",横批可以写春永萱庭、萱堂春暖、萱庭日丽、灵娥不老、萱草长春……怎么看怎么读,都是极美的。

把萱草比作母亲还不够,老祖宗又给它找了个伴儿。他们把传说能活八千岁的椿树比作父亲,尊称父为"椿庭",母为"萱堂",以"椿萱并茂"来寓意父母健康长寿。京剧《锁麟囊》中唱道:"见胡婆好一似空山闻籁,你可曾见我夫与我萱台?"萱台,也是指母亲。唐寅有一幅《椿萱图》,题跋诗曰:

> 漆园椿树千年色，堂北萱根三月花。
> 巧画斑衣相向舞，双亲从此寿无涯。

小时候，不管在外受了多少委屈，都有父母站在身后呵护着、安抚着；长大了，不管走多远，父母都会在家里等我们回来。离家18年的弟弟几年前从美国回来探亲，短暂的相聚后又要分离，母亲蹒跚着送弟弟到楼下，不忍送到车站，一路泪水涟涟。因叫一声父母，向他们无限索取，他们因一声父母，对我们倾其所有、无穷付出。母亲就是我们的忘忧草，父亲就是身后的大椿树。

"知君此去情偏切，堂上椿萱雪满头。"愿那萱草花年年岁岁根繁花盛，椿萱并茂，福寿绵长。

慢时光里的夏日花事

白兰花

夏日三白：栀子、茉莉、白兰。盛夏的江南，是白兰花的味道。

白兰花，曾经是江南太太小姐们夏天最喜欢的配饰。那是一朵花，就可以开心一整天的时代，是车马慢的时代。

古人的耳朵是有福的。四百年前的明人陈继儒历数："论声之韵者，曰溪声、涧声、竹声、松声、山禽声、幽壑声、芭蕉雨声、落花声，皆天地之清籁，诗坛之鼓吹也。然销魂之听，当以卖花声为第一。"

古人推崇不时不食，江南人的精致，连配饰都讲究最时令的装点。梅雨前后，是一定少不了白兰花的。民国时期，苏州和上海会有姑娘或阿婆们用湿布盖花，提篮沿着市井街巷声声叫卖：

"栀子花——白兰——花，栀子花——白兰——花，五分洋佃——买一朵——"

那叫卖声是有腔调的，和白兰花一样，香是香来糯是糯。栀子花的花字声调悠扬，拖得很长，到白兰花的花字又来个大降调，戛然而止，柔声收尾。

白兰花不是长在叶子中间，而是在每片叶子的腋下，远看是很难看到花的。含苞待放时，它的香味最浓郁，花瓣素白细长，微微张开翘起，像女孩微翘兰花指的柔态。有人说，白兰花根本就是明火执仗地香气袭人，花香又特别，矜持、温婉、清幽、淡雅、软糯、绵长，茉莉、栀子、桂花在它面前都黯然失色。

除了苏南和上海，在湘、鄂、闽、川、粤、桂、滇等地，白兰花也是常见的。它还是潮州、晋江等地的市花。爱花人争论着说：你广西的没有我们湖北的香；你湖北的没有我们广西的大。

那个年代，奶奶们一早出门买菜回来，大多会捎带几朵用细铁丝绑好的白兰花。自己戴两朵在发髻边，另两朵别在女孩儿的衣服上,然后在其额头上啵一口:阿拉囡囡香喷喷!女孩儿跑去玩了,阿婆们就坐在弄堂口,开始择菜、剥毛豆,聊着家常。

倘若穿了旗袍,就将花挂在斜襟的纽扣上,再不然用手绢包起来,掖在旗袍里。人家闻得到香气,却看不到花,比挂着还要体面雅致些。

还有细心的妇人拿浸湿的手帕垫着,干了再浸湿,可延长一两天花期。即使最后萎了,也舍不得扔,挂在卫生间里,还会散发余香。

男青年羞于戴花,他们喜欢放一两朵在钱包里。姑娘们爱把花挂在扇坠儿上。孩子们则把花放在铅笔盒里,或夹在课本中。把干了的花用酒泡着,可驱蚊。妈妈们随手往水缸里丢上几朵,烧的水也带了花的香气。晚上放两朵在枕头边,一夜好眠。如果第二天还想戴着,就找个浅碟,花头朝上靠在碟边,花蒂浸在清水里,花期就长一些。

到近些年,成都、南京、昆明等地的出租车司机喜欢将买来的花挂在车里。有幸坐了这车的客人嗅着花香,心情大好,和司机聊起天来。

白兰花似乎是百搭的。和太太小姐们一起,暗香浮动，尽显高贵风雅；和村姑们一起，不争不抢，朴实无华；和阿婆们的白发一起，让人感叹岁月沉淀之美；和孩子们一起，又更觉其清纯可爱。

二十世纪八九十年代，常苏锡一带还有很多卖白兰花的阿婆。苏州虎丘山附近的花农栽植大量的茉莉花、白兰花，一到花期，阿婆们都忙着采花、扎花、卖花，热闹得很。小小的花瓣沾着晶莹的雨露，被暗色的绒布衬着，像暑天捧着的一杯冰青梅汁，杯壁上挂着小水珠，湿湿黏黏却令人浑身透着舒爽。

白兰花的味道，也是老上海人钟爱的味道，是海派文化的一部分。上海的白兰花，大多来自苏州。随着城市的发展，苏州一带的养花大棚大都被拆除，茉莉花、白兰花一度踪影难觅。卖花的阿婆越来越少，包括曾遍布上海大街小巷的茶叶蛋、油墩子，有老上海记忆的东西正在慢慢褪去。年轻的上海人对白兰花大多是陌生的、漠视的，一方面是本土文化的日渐式微，一方面是外来文化的冲击变更。好的、坏的，全都一股脑地随着历史的洪流逐渐消失，不舍又无奈。上海，已经是全世界的上海了。

最近几年，苏州的种花、卖花产业似乎又得以慢慢恢复，上海街巷里偶尔会出现零星卖花人的身影。如果你有幸遇见那些鹤发布衣的卖花阿婆，就买几朵吧，让白兰花的那缕暗香，留存得久些，再久些……

蜀　葵

窃以为，必须有蜀葵花才够得上夏天。

蜀葵，生命力极旺盛的花。落几粒种子，它就从端午节开到深秋，第二年开满一块田，往后每年都开给你看。我想不出还有哪种花比它更好养活。它完全不挑地方，不挑土壤，河边、房前屋后、小路边、墙根下、铁轨边、垃圾堆旁，只要有点土，它就悄悄地扎了根，抽出几片叶子。不认识的当它是野草，随意踏平了，抑或被野兔啃光了，它依然不死，过几天又从旁边生出新的叶片来。

各地百姓赋予它的别名也像它的性格一样，直白、乡土、泼辣：灶头子花、棋盘花、饽饽团、秫秸花、伞儿花、大饼花、大出气、斗篷花……因为花朵多为红色，又能蹿至丈余，也有地方叫它一丈红。因为在端午节盛开，南方叫它端午花或端午瑾。有的地方叫栽秧花,因为栽秧的时候开花。这花开了麦子就该收割了,又有人叫它大麦熟。它甚至还会成群地盛开在铁路边,人们干脆叫它铁道花。

老潍县有民谣唱道:

> 光光艳,奇好看,
> 不用管它自己蹿。
> 养鱼要养泥沟钻,
> 种花要种光光艳。

泥沟钻说的是泥鳅,是鱼类里生命力极顽强的。光光艳就是当地人给蜀葵起的名字,大概因为它开起来光彩照人又明丽多姿吧。

"炎天花尽歇,锦绣独成林。"熬到临近端午,憋了一个冬春的蜀葵终于爆发了,艳丽的花朵开始嘭嘭地怒放了。它们毫不吝啬,一朵未谢又开一朵。绿萼艳朵,两两背开,吐红露粉,锦绣夺目。茎秆直直地坚挺着,仿佛要一直开到云霄里。很快,蝴蝶、蜜蜂都赶着趟儿飞奔着来了,嗡嗡嗡嗡,上下翻飞,夏日暄妍,生机勃勃。

蜀葵最早是受宠的,南朝时,曾经贵为皇家园林之花。旧时光里,它的风情被人写成各种诗文称赞了数千年。因为它的叶子大而密,能遮挡烈日以免晒伤根部,古人又爱怜地称之为"卫足葵"。它不仅仅只做观赏,取皮泡出丝缕,可织布或打绳;嫩叶和花皆可食用,曾是古人常见的菜肴。

蜀葵最初也是浪漫的。取蜀葵叶捣汁染纸为绿色,桃花、芙蓉研汁染纸为红色,这样的纸张平滑舒展、落墨滋润,被称为蜀笺。有"元白之交"的白居易和元稹,偶得佳句,便用这蜀笺写就诗文装进竹筒寄给对方。竹筒防潮防损,蜀笺精致华美,于是又有了诗筒葵笺的说法。青山当户,流水在左,怡情翰墨,醉意诗书,文人之间的雅趣,今人难以望其项背。

不知始于何时,蜀葵像从深宫逃到民间的小宫女,开始在各处撒了欢似的生长,地位也随之急转直下。唐人陈标说它:"能共牡丹争几许,得人嫌处只缘多。"蜀葵本来可以和牡丹一争高下,就因为开得太多了,多到令人嫌弃了!有的地方干脆叫它没脸花,哎呀,花多得简直到了没皮没脸的地步!貌似嫌弃的称呼里,又透着俏皮和怜爱。

因为被嫌弃,城里的园林和绿化带里鲜见蜀葵的身影。乡下才不管它是否名贵,任由它在寻常巷陌野蛮疯长，开成绿化带，开成花墙，开成花海，想怎么开就怎么开。这里才是蜀葵的乐园。

看到那些开得热热闹闹的蜀葵花，我常常被它们那种满溢的欢乐所感动。它们让我想起永不服输的阿信，想起《人生》里善良纯美的巧珍。它们更像身边普通的你我他，不精致、不端着、不忧郁、不沉沦，它们是大方的、开朗的、快乐的、积极向上的，不言败，不惧苦，越挫越勇，热烈地盛开着生命之花。

胭脂花

安徽有关于胭脂花的传说。在很久以前，嫦娥奔月时不小心打翻了胭脂盒，胭脂全洒落在安徽的山中。那些山是有灵气的，于是第二天清晨，漫山遍野开满了胭脂花。

胭脂花学名紫茉莉，它的名字数不胜数：晚婆娘花、黑白丑、针筒花、美不够、老夜没、耳环花、五角梅、羊屎蛋子花、撒神花、滚珠花、懒老婆花、土天麻、胭粉豆、拐磨花、地雷花、夜娇娇、早晚花、状元花、粉豆花、星星花……

以前出嫁的闺女回娘家，是鲜少在娘家过夜的，傍晚就要回夫家去，所以胭脂花叫送闺女花。有的地方叫日落红，因为是太阳落山时开花。有的地方叫晚饭花，因为是吃晚饭时才开放。有的叫添锅花，花一开就该添锅做晚饭了。河南人晚饭喜欢烧汤，家里没有表的年代，人们看看它开花了，就知道该烧汤了，所以就叫烧汤花。还有的叫洗澡红，因为是下午洗澡的时间开花。有的地方干脆用它开花的时间起名字，叫它四点开、五点半、六点开。英文中的four-o'clock就是胭脂花的意思。因为花枝像鹿角一样分为很多枝杈，又被称为鹿角梅。因其根块像一只老鼠，又有人叫它钻地老鼠。一朵不起眼的花能有这么多名字，足见它分布之广。

　　胭脂花是不用种的。每年秋结了种子自然落土，第二年春自己萌芽长出，年年自生自灭，有点土它就开满了，一点不客气。

　　它是很多人的童年记忆，是孩子们用来把玩的玩具花。哪里有一片胭脂花，哪里就会吸引一群孩子过去玩耍。

　　老辈人不让女孩子采胭脂花，如若不然会围着锅台做一辈子饭。孩子们才不管这些说法呢，随意摘了玩，玩完了扔。女孩子爱臭美，胭脂花是天然的耳坠材料。把花朵连着花托一起摘下来，轻拽花托，将花托和花朵分离，中间因为有花蕊连着，就形成一个耳坠。把花托塞在耳朵里，花朵就会像耳坠那样垂着，随着走路的节奏荡来荡去。

花朵摘下来用力揉搓，涂在脸上，可以当腮红。

男孩们则把花托揪掉，把花蕊小心地拽出来，放在嘴里当小喇叭吹。那细小的声音，伴着逐渐消失的夕阳，和胭脂花一样寂寞。

有的地方用这花泡出汁水，点在馒头上做装饰。

在它结种的季节，孩子们喜欢结伴而来搜集它的种子，还要比谁采的最多、最大。摘的多了，当作武器互相扔在身上，跑着、闹着，天黑才散去。于是第二年初夏，房前屋后、村里村外，到处都开满了胭脂花。

不仅如此，种子里的白色粉末还可以加点水做涂改液，掩盖写错的字；直接在地上划出粉笔一样的印痕，拿来涂鸦。

古人一直用胭脂花研制脂粉。《红楼梦》第四十四回中有用胭脂花做脂粉的描写。平儿被凤姐训斥,宝玉去安慰她,让她涂些脂粉:"这是紫茉莉花种,研碎了,兑上香料制的。" 平儿依言粉饰,果见鲜艳异常,且又甜香满颊。

相比热热闹闹的蜀葵,胭脂花的开放是清冷的。暮色尽染,倦鸟归林,胭脂花才伸着细长的脖颈,努力盛开着,在淡淡暮霭中散发它若有似无的香气。无人注意它的花开,无人欣赏它的花开。

夕开朝萎,没有暖阳的拥抱,没有蜂蝶的陪伴,胭脂花是寂寞的。它似乎又不是寂寞的,陪伴它的,还有暮色中袅袅的炊烟,晚风中诱人的饭香,满村回荡的妈妈找娃回家吃饭的呼唤声。一夕的美丽,也要开得灿烂。它像一位沉默的守护者,呵护着孩子们的童年。谁的记忆中,没有一片胭脂花呢。

那些画儿

几日前我做了个长长的梦,一个人穿越到了古代。闲来无事出门会友,一路上渡水复渡水,看花还看花,所见景物人,皆是古画里的模样。先找李煜学写词,又去看赵佶显摆他的瘦金体,和东坡酒足饭饱,斗了一会儿嘴,回家的路上拐到章丘,被清照拉着搓起了麻将。正兴起,隔壁的辛哥跑来了,邀我俩坐着他的马车去赏花灯。灯影婆娑间,一个燃放的炮竹把我崩回现实,怅恍不能语。

隋唐多英雄,唐宋多文人。宋徽宗赵佶把"文治"之风推向了极致,成就中国人文艺术审美的巅峰时代。有人说他做皇帝不合格,却是妥妥的文艺青年的领军人物。他在位时,成立翰林书画院,用科举考试的办法选择擅画之人，画家的地位空前之高。他挖掘了天才少年王希孟，并亲自传授画艺。18岁的王希孟，用半年时间绘就唯一传世代表作《千里江山图》。时隔千年，那珠光宝气依旧不改，青绿之色未褪，堪称人间至美。

如果说王希孟的《千里江山图》是北宋统治者理想中的江山，他的画院同事张择端绘就的《清明上河图》，则是北宋当时的真实生活场景，历经近千年沧桑岁月，最终得以保存，成为世界美术史上一颗璀璨的明珠。今人把《清明上河图》做成了3D效果，穿越千年游汴京，画中忙碌穿梭的各色人等栩栩如生，令人叹为观止！

百姓对名画望尘莫及，他们喜爱贴年画，一贴就贴了两千多年。年画起源于门神像，门神分武门神和文门神，武门神像贴在大门上，文门神像贴在正堂屋及厢房门上。最早的门神像画的是黄帝手下擅捉鬼的两员大将神荼、郁垒，后来又演变成唐朝大将秦叔宝和尉迟敬德。传说两人曾身着戎装，帮唐太宗吓跑了小鬼。还有一些地区把赵云、赵公明、孙膑、庞涓、钟馗、张飞、关羽等画成门神，他们个个手持兵器、狰狞怒目，画得一个比一个丑。民间形容某人长得丑：挂在门上能辟邪！就是这么来的。

光贴门神像太单调无趣，屋里再贴点啥岂不是更美！光绪年间，知名报人彭诒孙登报提出，要与时俱进改良年画内容。"南桃北柳"中的杨柳青的一家画店老板嗅觉灵敏，一马当先创作了以"女子自强""男女平等"为主题的戏曲和神话故事、美女、胖娃娃等丰富多彩的年画题材。画面构图丰满，细巧典雅，色彩鲜艳，热闹喜庆，深得百姓喜爱。再往后，鲁迅先生倡导收集和振兴年画运动，年画艺术终得进一步保护和传承。

新中国成立后，年画在传统基础上推陈出新，出现了许多以爱国主义、劳动生产、建设"四化"等为题材的作品，涉及百姓生活的各个方面，成为百姓家里最喜欢的装饰品。

贴年画的习俗一直到二十世纪七八十年代仍经久不衰。一进了腊月，新华书店就人挤人，家家都要挑选年画、挂历、月份牌。挂历太贵，买年画的更多一些。年画买回家不是马上贴的，要用旧报纸细心地裹上一层再卷起来，两端封上，藏在孩子们够不到的地方。

孩子们等不及，晚上就央求父母先拿出来欣赏一番，看够了，再原样封好。

盼呀盼，终于盼到了年三十，可以贴年画啦。年画一贴，冬日单调的黑白灰立刻增添了艳红翠绿、明黄暗紫。节日气氛被烘托得浓烈闹猛，满满登登的年味儿扑面而来。

我走亲戚或者去邻居家，先看墙上贴的年画。从家里带张旧报纸，进了人家的门，跟大人打个招呼，就慌忙搬个长腿的方凳，垫上报纸，站上去看年画，不看完不走。

老人家里最常见的是一个胖娃娃抱个肥美的大鲤鱼，旁边还有粉红莲花正在盛开，寓意连年有余。姥姥家贴了一张《三星高照》，画中有三个白胡子老爷爷，身边有蝙蝠、梅花鹿、蟠桃，谐音福星、禄星和寿星。还有《嫦娥奔月》《穆桂英挂帅》《薛平贵与王宝钏》《红灯记》之类的。

家里小子多的喜欢贴《孙悟空三打白骨精》《林冲雪夜上梁山》《林海雪原》《打渔杀家》《杨家将》《裴元庆》等。记得有一年，二大爷买了《对花枪》《罗成招亲》《罗通扫北》三幅年画，聚齐了罗家三代的故事。

姐妹多的人家最喜欢贴爱情题材的画。如《梁山伯与祝英台》《马兰花》《五女拜寿》《碧玉簪》《红楼梦》《白蛇传》《花为媒》等。几个女孩子聚在一起画画，画的都是年画中头戴金钗、水袖长舞的仕女。

有一年我去五保户家里打扫卫生，他家墙上贴的年画是《谁又替俺把雪扫》：一位腰里别个旱烟袋，手拿扫把的军属老大爷推开房门，发现院子里的积雪被扫得干干净净，他自言自语，谁又替俺把雪扫了？几个小脸被冻得通红的小学生躲在门后偷笑。后来，这幅好评如潮的年画还被编进了小学语文课本。

我最喜欢看的是一种设计成连环画形式的年画，一大张画里分成多幅小画，依照故事发展顺序排列，每幅下面配有几行文字。开头结尾，故事情节，人物事件，一目了然。相当于看了一本平铺的小人书，还是彩色的！印象最深刻的是《红楼梦》，第一幅小画就从黛玉进贾府画起。

在鲁西南，二十世纪八十年代初期的年轻人结婚，乡亲们还时兴送四幅屏，也就是条山，上写某某某赠某某某和某某某同志，祝新婚幸福美满，早生贵子云云。

画边空白处用毛笔字记录的是，购统销粮的流水账、拥军费、某年某月某日借了谁家多少钱等。

一群十几岁的半大孩子，过年期间会结伴到各家逛逛。不光能得到大人赏赐的各种美食，更重要的心思就是暗中较劲，看谁家的年画更好看。几家逛完，孩子们出来时口袋都是鼓鼓的，心满意足地交换着吃食，聊着年画上的故事。去一家看年画时，那家男孩还偷偷把年画揭开让我看。画后面居然被他挖了一个洞！洞里装着他的宝贝：铁丝做的手枪、树杈做的弹弓、十几个玻璃球、一摞纸牌。这个秘密我守了很多年，不知道他妈妈后来发现了没。

用糨糊贴的年画，久不更换糨糊会生虫，把画吃出很多洞，缺边少角的。如此这般也好，又可以买新的年画了。

苦楝树 故乡树

绿肥红瘦时节,我回了趟老家。雨后,徜徉在微山湖湿地间,一阵记忆中熟悉的奇香扑面而来,抬头一看,眼前是几百棵高大的苦楝树,那奇香正是苦楝花的味道。契阔谈䜩,心念旧恩,这种树已经几十年没有见到了。疏朗的枝叶层层叠叠,叶缝中漏下的日光也温柔了许多。各种水鸟钻进树中就不见了,顺着鸟鸣声一会儿寻到这一棵,一会儿又寻到那一棵,眼前浮现的尽是遥远的事。

人生不同的阶段里都有一棵树。幼时是运河岸边的桃树、柳树、核桃树;上学时的校园满是杨树和泡桐树;搬家到泉城,满大街最多的是法桐树;去南方读大学,窗外的广玉兰挺拔秀美;而苦楝树,是一看到就想起故乡，湿了眼眶的那一棵。

　　苦楝树广泛分布在河北以南各省，英语系国家更是直接用 China tree 或 China berry 来称呼它，其在中国的"土著"地位可见一斑。它的枝干高大挺拔，骨架清奇，枝叶如翠竹清俊简约，暮春花香，盛夏果绿，秋日青果转黄，宿存枝头，经冬不落。

　　榆树甜，楝树苦，虫儿们都不傻。相比爱生虫的榆树，苦楝树百虫皆惧，连蚊蝇都躲得远远的。只有可爱的斑衣蜡蝉和天牛不怕其苦，反而当成它们的乐园。天牛很好抓，它的两只大触角像穆桂英头上的翎子，很威风。天牛抓来，先把它的牙齿剪掉，不让它咬人，再用细线系在它的脖子上，各自牵着一只互相打架，孩子们称这种游戏为"斗牛"。或者让它拉个火柴盒爬来爬去，起名"牛拉车"。因为苦楝树干净，能躲蚊蝇，人们喜欢在它的树冠下吃饭，甚至把牛羊拴在树干上。再不然扯一张苇席在树下铺了，或坐或躺，嗅着花香，聊着家常话儿。

　　始梅花，终楝花，风到楝花，二十四番吹遍，恰逢春暮夏浅。"大人别信小孩的哄，楝树开花猛一冷。"楝花开时，刚入农历四月，天气不稳，一股冷空气打来，

苦楝树 故乡树　135

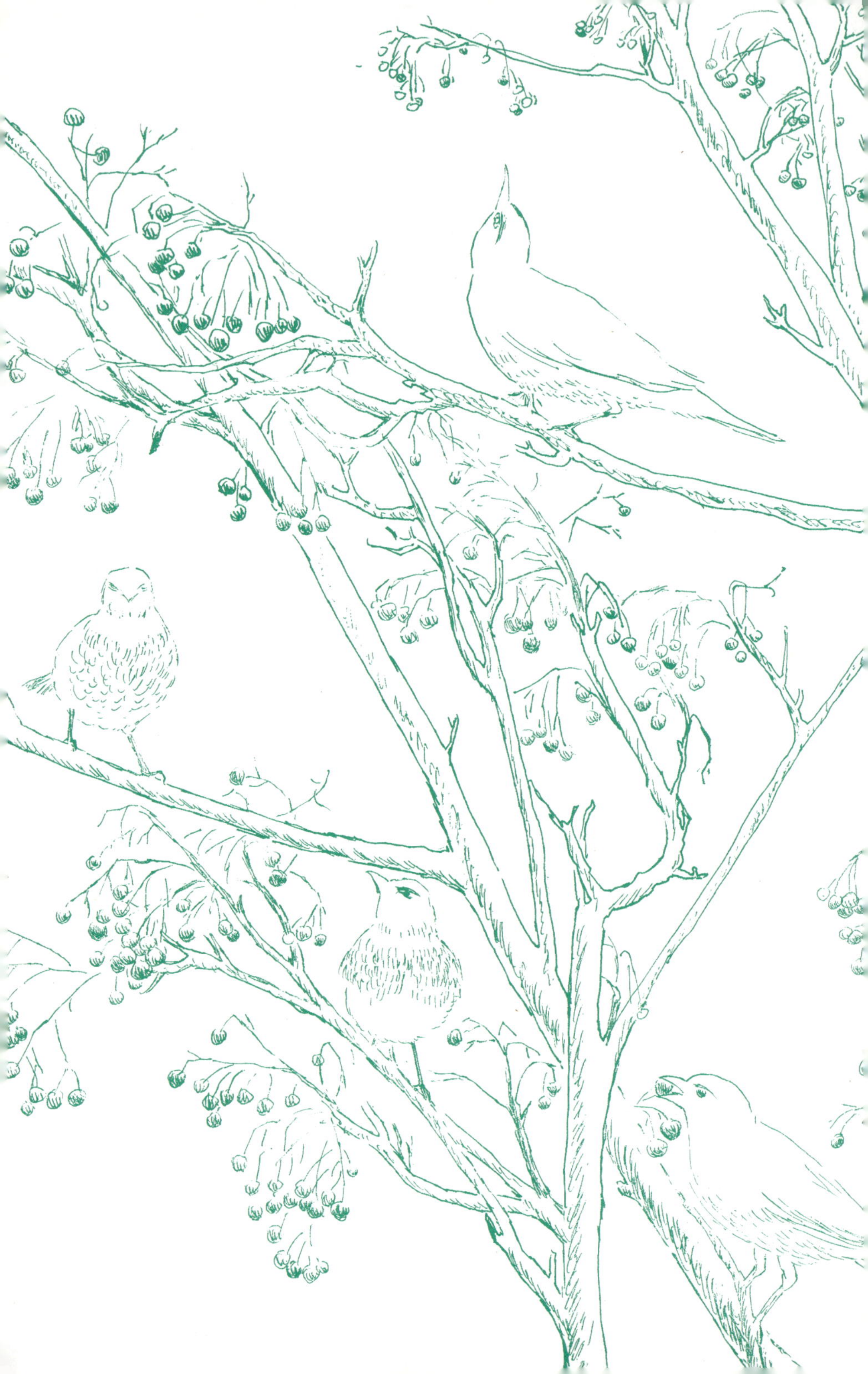

就得添厚衣裳。有经验的老人，不管春天来得多么早，也要等苦楝树开完花，才把冬衣收起来。

近看楝花，浅紫色的花开得细碎而清雅，一朵朵开得不疾不徐，挨得不近不远。登高远观，如片片紫雾萦绕在青砖红瓦间。风一来，紫雾随风而舞，柔美中又多了几分磅礴之势。苦楝树可高达20米，所以采花并不是容易的事。枝条又脆，不耐疾风骤雨，一个风雨天，一簇簇小花连着绿叶就被打落满地。女孩子们捡拾起来，插在玻璃瓶中，或者用针线把花朵串起来，做成项链和手环，美美地戴上。大人们则拿回家挂在窗台、门楣上和床边，甚至随手扔在厕所几枝，用来驱赶蚊蝇。孩子们喊着身上痒痒，奶奶们捡了楝花泡水，给孩子们洗澡，立马就好了。把花晒干了，和鸡蛋一起炒，可以治拉肚子。

"桃花开，杏花败，楝子开花拔蒜薹""楝花开，找布料，做双花鞋去拾麦"。楝花一败，麦粒就鼓着肚子喊，我要熟了，我要熟了——就可以燎着吃了，麦收大战迫在眉睫。

收罢麦子，粮食缸冒了尖，人们可以大方地吃上一阵饱饭了。这时节，豫北的百姓家家开始和面，炸油条、炸糖糕、包菜包子,装上满满一篮。孩子们争着爬树摘苦楝枝叶,洗净了,盖在竹篮上,又好看又防蚊蝇。兄妹几个高兴得跟过年一样,挎着竹篮去看望出嫁的姐妹。当地把这种风俗叫作给闺女送扇儿。

村里人在地里干农活,不小心受了伤,会立刻奔向最近的苦楝树,摘一把苦楝树叶嚼烂了敷在伤口上,止血又消毒。

拿叶片把没熟的香蕉、猕猴桃、柿子等包起来,放几天就能吃了。树叶泡水后可代替农药,喷洒害虫。

我见过的树种中,苦楝树的叶梗是最笔挺细长的。女孩儿们没钱买毛衣针,就把叶片摘掉,只剩下叶梗,弄一团旧毛线,学着织毛衣的针法织毛衣,或者给自己织一条腰带。

"青提溜,黄提溜,一年四季打提溜。"谜面说的是苦楝豆。小时候听一个白胡子爷爷邻居讲抗日故事,讲到日本鬼子进了村,看到满村的苦楝豆,以为是水果,纷纷爬树摘了吃,结果被毒倒一大片。我们笑得前仰后合。

老百姓不怕其毒,反而把它的价值发挥到了极致。

娃娃肚子里生了蛔虫,大人就把苦楝豆的外皮剥了，塞到娃娃的屁股眼里，第二天一早虫子就被打下来了。

男孩喜欢用苦楝豆作为弹弓的子弹，不大不小，不软不硬，刚刚好。手巧的还会做苦楝枪。擅长爬树的爬到树上摘下苦楝豆，拿到供销社去卖钱，能换点铅笔、橡皮、本子。

在粮食紧缺的年代，女人们用苦楝豆的果肉做糨糊粘碎布，打成袼褙做鞋子，既能节约粮食，做出的鞋子还能防虫蛀。为了果腹，甚至有人把苦楝豆的外皮剥下来，腌制成咸菜。

人都吃不饱的年月，鸟儿吃五谷、吃果树上的果子都免不了被驱赶，唯独吃苦楝豆，可以敞开肚皮吃个够。冰天雪地时，灰秃秃的枝干了无生气，只有苦楝树上挂满了淡黄色的果实，在蓝天的映衬下，自成一景。成群的灰椋鸟（俗称楝喳子）、灰喜鹊、白头翁和腊嘴雀飞来了，找不到食物的鸟儿也飞来了。群鸟叽叽喳喳，尽情啄食，树枝摇晃起来，苦楝豆叮叮当当落了一地，给寂寥的冬季带来些许生趣。

落下来的苦楝豆也不会浪费，老奶奶们拐着小脚，捡一些存在小铁盒里，冬天用果肉抹手，或者煮水洗手洗脚，可以防裂、治冻疮。大人们说，果核榨的油能做润滑油和肥皂。这真是神奇。男孩子们把果肉挖掉洗净，在果核中间掏个洞，就能当哨子吹了。

"君自故乡来，应知故乡事。"二十世纪八十年代，一位中国台湾老兵回到老家山东菏泽，返回台湾时带了一大袋家乡的土。全台湾的菏泽老兵闻讯都跑来分土，分到土的老兵对着土跪下喊爹喊娘，涕泪纵横。一位老兵分到了两汤匙土，一汤匙放到银行的保险箱里，另一汤匙分了七次，加上水喝了。老兵说，喝了这水，就好像回到故乡了。

千百年来，无数游子走出故乡的阡陌。苦楝花的味道绕啊绕，仿佛要留住远行的人儿。那一步三回头的游子啊，最终还是和乡愁一起去了他乡。

几树楝花，一钩残月，在炊烟袅袅中，鸟唤醒你的春睡。那是故乡的场景，故乡的树。

人间烟火

新雪初霁的大路上,走亲戚的多如蝼蚁。挑担步行的、骑自行车的、拉地排车的、开农用车的,三五成群,南来北往,川流不息,像百姓集体徒步。那是民间正月里最喜庆美好的原风景。

一晃经年 世间多味

清代诗人符曾写道:"桂花香馅裹胡桃,江米如珠井水淘。"桂花做的馅料里裹着核桃仁,在水乡,一个美少女,正在井边淘洗着像珍珠一样的江米。光是想象,就十分美好。

文人们说,有诗读,有美食,人生就圆满了。

在国人眼里,吃,无比重要。

早些年,我读过一位山东滕州人写的小说,里面写到一个情节:困难时期,家家拿一根铁条,把一头砸扁,往上掰弯成九十度,美其名曰,油端子。

炒菜时把油端子探到油瓶里,再提上来,端子里就有了一两滴油。有妇人闲聊,谁谁家的小媳妇不会过日子,炒一个菜,用了三端子油!这个败家娘们!

计划经济年代，各种物资短缺。吃饭要粮票，吃油要油票，买布要布票，吸烟要烟票，喝酒要酒票，还有自行车票、电视票，连一两分钱一盒的火柴，都要火柴票。有资料说，凭票供应的商品最多时达到了156种。

我出生的二十世纪七十年代，满世界找吃的。

只要没毒的东西，孩子们都要把它放到嘴里：我尝尝甜不？春天，吃各种野菜，吃各种能吃的花。实在没得吃，就抽拽茅草中间的嫩芽，放嘴里嚼嚼，软软的，微微的甜。小满后，麦穗开始灌浆，一天天盼着，麦仁稍有成型，就薅下麦穗，用手搓去麦皮，剩下青嫩的麦仁，一下全倒在嘴里。

玉米快成熟的时节，将嫩玉米掰下来拿回家煮食，或者用石臼捣碎了熬粥。玉米秆下半部分有甜味，掰断了当甘蔗啃啃，嘴角被玉米秆皮划出血也不罢休。

黄豆地里结了豆荚，摘下来，挖个小土坑，架上树枝，用火烧豆荚吃。弟弟胆大嘴馋，捉几个豆虫，拿树枝往屁股后面一捅，整个豆虫被翻过来，肉在外面，放火上烤得滋滋冒油。胆小的去捉蚂蚱，也串起来用火烤。

冬天，吃过雪，吃过屋檐垂下的冰溜子。用炉子烤粉条吃，或者和一小块面，分成纽扣大小，摁扁了，在炉子盖上烤到焦黄，一咬嘎嘣脆。爆爆米花的兄弟俩来了，整个村子都沸腾了。家家户户的孩子都挎着篮子去排队爆爆米花，那是孩子们冬天唯一的零食。

作为一个生长在北方的"南北方混血"，我的肠胃不幸遗传了南方的父辈。小城人几乎每顿都吃煎饼，搭配馒头、面条，偶尔包顿饺子，那就等于提前过年。我抗拒一切面食，可是不吃，又得饿肚子。过年，一家人吃饺子，爸爸都是留七八个饺子皮，煮好单独给我吃，也算是过年了。

从六七个月大时，我的肠胃就表现出了对大米的疯狂热爱。那时生活条件不好，妈妈们奶水不足，又没有奶粉喝，大米糊糊算是上好的辅食了。

大米两毛多一斤，在老家属于奢侈品，谁家也不舍得拿现钱买。有小贩走街串巷换大米，大约两斤半玉米换一斤劣质大米，赚个差价。

稍有点闲钱，爷爷拿个小手绢去买一斤多大米。九口人一个锅吃饭，锅大米少捞不着，奶奶就拆了个纱布口罩，缝成纱布袋子，一次抓一把米放袋子里，用棉线扎口,放大铁锅里熬煮。米熟了,倒出来喂我,一家人喝稀米汤。

我会走路了,分家了,做饭用小锅,不用装纱布袋里了。开锅以后,大米会聚集到铁锅周边,妈妈一再叮嘱爸爸,不要搅锅!不要搅锅!拿只碗赶紧把锅边的米盛出来。

我坐在小凳上眼巴巴等着。妈妈用勺子挖一勺,没等吹凉,我就使劲伸着脖子,昂着头,嘴张得像嗷嗷待哺的小鸟,一勺米糊糊放到嘴里,也不嚼,瞬间咽下去了,立马又张开嘴等下一勺。

当年狂追的电视剧《编辑部的故事》里有个情节:郊县萝卜大丰收,为了支持菜农,主编老陈要李东宝把《人间指南》杂志上的"每周一菜"全设计成萝卜菜谱,一个月不能重样。葛玲笑称,这是李东宝的"罗伯特进行曲",即萝卜的特别做法的谐音。这事闹的,愁坏了葛优扮演的李东宝。有人说,其实是编剧把白菜换成了萝卜,那个年代,一到冬天,白菜在北方独霸天下,地位至高无上不可取代。

要是摊上个不太冷的晴天,又恰逢周末,我可有事忙了,妈妈会让我帮忙把家里储存的大白菜搬到院

子里排排队晒太阳。晒一下会蒸发掉表面多余的水分，使白菜保持干爽，再储存就不容易烂。

那时人都吃不饱，也没粮食喂鸡鸭，家家都是放养，鸡鸭都像野生的，饿疯了，去各家溜达着找吃的，天快黑了才回家。所以，白菜只摆在院子里还不行，还要拿根竹竿看着，否则那些溜进来的鸡鸭、天上路过的鸟雀，都会趁机来啄上一通。

我搬把椅子和凳子，一边搓着手写作业，一边敲打竹竿驱赶那些入侵者。发小二凤喊我去跟她学织围巾，"不能去啊，我得看白菜"。英子也来拽我，她家的三花猫正在生小猫，"不能去啊，我得看白菜"。心里有万般不情愿，恨恨地踢了一脚离我最近的一棵白菜。我真是讨厌死了那些白菜。

妈妈的安全感，却似乎全靠那些垛起来的白菜守护着——每顿饭切上半颗，放上几片肉和一把粉条，一冬天都有菜吃了。再不然，白菜疙瘩汤、凉拌白菜心、辣炒白菜丝，左右都是白菜，感觉头发丝里都是白菜味儿。

也有打牙祭的时候，妈妈下班回家，刚好有卖微山湖野鱼的人在吆喝，妈妈就跑回办公室，找个空的粉笔盒洗洗，买一盒刚出水的小杂鱼，只要两毛多钱。回家洗个萝卜，用地锅一起炖了，一家人吃得热火朝天。

1980年，"大锅饭"的桎梏被四川广汉县向阳公社率先打破，生活悄然间有了惊喜的变化，能吃饱饭了。那年，一首《年轻的朋友来相会》唱红全国，也每天在我的校园上空激情回荡。人们个个精神饱满，撸着袖子，要大干一场。

没多久，聪明勤劳的山东寿光人首创利用日光温室大棚种植蔬菜的技术，人们被萝卜、白菜统治多年的味蕾集体起义，餐桌由白菜变为"百菜"，世间多味开始了大融合。

1993年，我在上海的街头和饭馆吃各种美食，山东饺子馆随处可见，奶奶老家的湘菜日渐红火。

时光之河流进二十一世纪，在微山湖悠哉多年的小龙虾结束无人问津的日子，被厨师们做成各种口味，成了风靡全国的网红菜。

童年记忆中的美好，大多和吃有关。

几十年间，我家八次搬家，从我出生的四合院的土坯房一直搬到省委大院，算是安稳下来了。可是，说到家在哪里，脑子里浮现出的总是那个四合院，那才是我的家啊！

叔叔、大爷相继娶妻生子，人数最多时，有二十几口人，全部住在一个大的四合院里。院门外有一棵榆树，院里有几棵泡桐树、槐树。门口是两扇漆了黑漆的旧木门，谁回来了，就拍拍门环。

四合院北面不足百米处，是京杭大运河。春天的河堤美如江南，桃花红，梨花白，垂柳绵延几里路远。那是孩子们的天然游乐场。在树林里追逐打闹，风吹着花的香，跑累了，就在树下睡着了。

河面上有一座石拱桥，每天放学路过时，我喜欢从桥上往下看，那里都是路过的小船，船上蹲几排鱼鹰。鱼鹰抓到鱼，主人立马用鱼捞子把鱼鹰捞上来，从鱼鹰嘴里取出鱼，扔到鱼篓里。运气好的时候，我会在河边遇到撒网捕鱼的人，一路跟着，捡几条人家不要的小鱼苗，欢天喜地地带回家。

路上遇到邻居三奶奶，看到我手里的小鱼哈哈大笑："哎哟，佩佩抓的鱼真大！回家让你妈裹上二斤面糊炸炸吃啊！"

一路向西五里路，是日出斗金的微山湖。夏天，十万亩荷花竞相开放，长辫子一样的运输船组成的船队，满载着煤炭和粮食，驶向南方。不知名的水鸟，成群结队在湖面盘旋。

我从未见过哪个地方，像我的家乡那样美。

老祖宗自古爱榆树。当年，欧阳修吃榆钱粥吃得兴起，大笔一挥，留下了"杯盘饧粥春风冷，池馆榆钱夜雨新"的经典诗句。

在饥荒年代，榆钱被视为救命之物。榆钱一串串挂满枝头，站在榆树下，压下一枝榆钱，可以直接生食。妈妈和婶子大娘们摘下来，洗干净了，加点白面，蒸榆钱窝头。

四月到五月，是槐花的天下，白色的，扑鼻香。用槐花做成的槐花饼、槐花炒鸡蛋，都是难得的美味。槐花落了，泡桐花就接上了，满树的紫，一场雨来，花落满地，地面也紫了。

奶奶有时会去买些炒花生或点心，分给孙辈。十多个孙子孙女按年龄大小排成楼梯状，奶奶跟发奖一样，从年龄最小的分起，每人分一小把。我是最年长的，轮到我，往往就没了。我撇着嘴就要哭。奶奶说，乖，下次多分给你啊。堂兄妹们就会争相把自己的那份再分给我几个，我很知足。

奶奶曾教给我们一首用湖南方言唱的童谣，叫《麻雀与小孩》。唱的是一个放学回家的孩子和麻雀的对话。

小孩唱："小麻雀呀，小麻雀呀，你的母亲，哪里去啦？"小麻雀唱："我的母亲飞去打食，还没回头，饿得真难受。" 小孩唱："你是我的小朋友，我是你的好朋友，我家有许多小青豆，我家有许多小虫肉，你要吃吃喝喝和我一同走。我的小麻雀。"小麻雀唱："我的好朋友。"

小孩和小麻雀一起唱："走吧走吧走吧走吧走！"

后面还有一段，老麻雀捉虫子飞回来了，对小孩表示感谢。

我们就像排歌剧一样，堂兄妹们轮流扮演小孩和小麻雀，奶奶扮演老麻雀，唱着，笑着。歌词、曲调和意境，都美得不得了。

有个美差，孙辈们都喜欢抢着干——给奶奶买烟。九分钱一盒的"普滕"牌香烟，俗称"一毛找"，剩下的一分钱不让找了，营业员会给两颗水果硬糖，或一瓣橘子软糖，外面还裹着一层白砂糖。那个年代，不要小瞧一颗糖，它能哄好一个哭闹的孩子。

有一回，四叔家的堂妹受了委屈，哭得跟刘备似的。妈妈从抽屉里摸出一颗糖哄她，堂妹立马破涕为笑。

夏天，大爷在几十里外的地方讨生活，一周回来一次。他每次回家，几乎都会用网兜提个超大的西瓜，沙瓤的，刀落时，汁水四溅。全家人去抢，一人一块，吃得快的能抢到两块。

二大爷家喜欢炸萝卜丸子，炸土豆条，炸馒头片。

刚出锅时,香掉牙。第一锅都是尽着孩子们敞开肚皮吃。

四婶子每天挑着担子去卖菜,少不了买几个瓜果梨桃回来。堂妹总是挑最大的分给我们,一个大甜瓜,或者几个甜梨。五婶子喜欢用地锅煮一锅地瓜,满院飘香,一家人围着吃,晚饭都省了。

妈妈爱烙油饼。二大爷家的堂弟最喜欢吃油饼,闻到味儿就不知道从哪儿冒出来了:"三婶子,我把锅里的拿走了哈。"妈妈说:"还没熟透呢,再等等。""没事,熟啦熟啦。"他捡起个树叶儿,包着饼,一路吹着走了。

后来,五叔先从四合院搬出去住了,然后是二大爷,我家,大爷家。老宅子只剩下四叔一家,不住一起了也常来往。

有一回,弟弟妹妹出去玩疯了。饭都凉了,我到处找不到他们,气呼呼地刚回到家,弟弟妹妹就吭哧吭哧地抬着一个八九斤的大南瓜回来了:"妈妈,大爷送咱家一个南瓜,抬不动,所以回家晚了。"

切,骗谁?明明是玩疯了,怕回家挨揍,去大爷家要个南瓜回来转移视线。妈妈哭笑不得,也不好再生气。一顿暴揍就这么逃过去了。

再后来，小城镇建设，院子要被拆掉，四叔一家也不得不搬走了。2012年回老家，堂弟开车拉我过去看最后一眼："姐，咱没有家了。"看着满目瓦砾，我使劲嗅着，试图留住老房子的味道。堂弟用手指着给我看："姐，那个角就是大门。再往东北一点，这里，就是那棵大槐树。这里，是咱爷爷奶奶住过的房子……"一步步走着，看着，这里，曾经装满我的童年，有我所有的亲人，是我生命的一部分。

老房子没了，我心上的肉好像被生生挖走了一块，空了。

几次梦回故乡。

梦中，我走过小桥，河堤的桃花又开了。回到老房子，拍响了门环，喊一声"奶奶，我回来了"。奶奶拄着拐棍，应声从屋里出来。

院子里，依稀还飘着槐花的香。二大娘还在弯腰炸着丸子，五婶子在煮地瓜，堂兄妹们满院跑着嬉闹，我还扎着麻花辫，穿着碎花小袄，奶奶牵着我们的手，歌声传来，还是那首《麻雀与小孩》。

此去经年，物是人非，爷爷奶奶早已驾鹤西游。我们家搬到济南已30多年，弟弟也早已定居美国。醒来，身在异乡，眼前是空的，只有泪，如雨而下……

年味消失在时光深处

人到中年,年愈来愈没滋味儿,就越发怀念儿时的年。

"小孩小孩你别馋,进了腊八就是年。"进了腊月,家家户户开始忙年,空气里充盈着酥菜味儿、萝卜大葱味儿、贴春联的面糊味儿、刚写好的春联上的油墨味儿、鞭炮味儿、杀鸡宰鱼的味儿、各种供品味儿、烟气氤氲中蒸各种面食的味儿。混杂在一起,就是那时的年味儿。

所有的乡愁,都是故乡的吃食对游子们味蕾的撩拨。

戴"春鸡"

立春大都在春节刚过后不久。鲁西南一带管立春也叫"打春"。这一天，当奶奶的会给孙子孙女们在衣服上缝上用花布头缝制的春鸡，俗称"春公鸡"。此风俗由来已久，《邹县志》记载："妇女剪彩为鸡，儿童佩之，曰戴'春鸡'。"

"春公鸡"是用碎布头缝制的，看似简单，缝好看了也是不容易的。取四方的碎布先对折缝成三角形，在里面塞进棉花。用红布缝鸡冠子和下巴下方的肉髯，尾巴用剪成细条状的碎布缝制。眼睛要缝三层，一层白布代表眼白，里面缝一圈黑布代表眼珠，最中间还要缝上一粒干辣椒籽或者黄豆粒，整只鸡就有了表情，有了灵魂，就活了。鸡嘴里还要吊着几粒黄豆，孩子几岁，就吊几粒。

豆粒代表脓包，意思是，让公鸡把脓包都吃掉，孩子不生天花、麻疹。现在的人懒得动手缝制，大街上有卖"春公鸡"的，粗制滥造，其精致程度已无法和童年时的"春公鸡"相比。

"春公鸡"缝好后，要在打春的前一天晚上缝到孩子衣袖上方，男孩缝左，女孩缝右。老辈人说，鸡和吉谐音，寓意着吉祥如意、驱邪祛病，孩子这一年有"春公鸡"护身，百病不生。

打春那天一大早，孩子们都起床出来玩了，相互举着胳膊，比谁的公鸡神气。随着胳膊一动一动，"春公鸡"也跟着来回动，像活了一样。一个孩子说："我的小公鸡会打鸣呢！不信你们听。"接着，他把戴了公鸡的胳膊举到嘴跟前，模仿公鸡打鸣的声音。

其他孩子笑："你这小公鸡不行，还是个哑嗓子，不好听，看我的。"又是一阵鸡叫声。一个男孩不小心，弄掉了鸡的一只眼睛。"哈哈，你的小公鸡成独眼龙啦。"男孩觉得丢了面子，嘴撇着，叫着喊着："奶奶，奶奶，眼睛掉啦！"回家去补鸡眼睛了。

炸酥菜

小时候我家不上供，害得我嘴巴馋了，等收供那天就到大娘婶子家，落点供果吃。

过年时郑重且必不可少的事项，除了上供、包饺子，就是用一大铁锅油，油炸各种菜，当地称为"酥菜"。

"酥菜"一般用剔了鱼刺的鱼肉、瘦猪肉、山药、土豆、萝卜炸成。前者都切成条状，萝卜要炸成萝卜丸子，味道很像江南一带常见的街头小吃——油墩子。鱼必须是微山湖野生的四个鼻孔的大鲤鱼，肉质紧致、鲜嫩，剔刺切条，外面裹上放了鸡蛋、花椒面和盐的面糊，就可以下锅了。第一遍炸出来，还要复炸一遍，才会变得金黄诱人、耐储存。

　　"酥菜"要请水平高的行家来炸。调的面糊稠稀要恰到好处，炸时手要快，确保炸出来个个裹得均匀，不会因为粘连炸不透。好几家挨着号炸，往往一炸就是一整天。

　　"酥菜"都炸好了，放在盛煎饼的大筐里。吃的时候，爆香葱花、姜片，放上点白菜或者菠菜，加上鸡汤或者白水，出锅前，点缀点青绿的香菜和蒜苗，滴几滴香油，就是一道美味的硬菜，招待客人也不掉价。以前天冷，酥菜放到正月十五甚至更久也不会坏。

"摇钱树"

　　大人们赶集，必须买的东西，除了吃的喝的用的，还会有一棵"摇钱树"。"摇钱树"其实是一棵砍下来的大青竹,大批从南方运来,青竹上会用红头绳栓上红枣、花生、古钱,还有用锡箔纸叠成的金元宝。后来生活条件好了,又加上成串的霓虹灯。如此这般装饰一新,"摇钱树"就做好了。

"摇钱树"插在院子里,高高的,有的在院墙外面就能看到树梢。微山湖上的渔民,则会把"摇钱树"插在船头,预示着来年"招财进宝"。

"摇钱树"一直放到竹叶干枯打了卷儿,青竹竿变成了淡褐色,也不舍得拿走。竹竿总归还是坚挺的,看到它杵在那儿,风一吹,铜钱、花生就哗哗作响,日子仿佛更有奔头,一年比一年更富裕。

包饺子

北方人,过年不包上几盖帘饺子,哪能叫过年呢?

做饺子馅、包饺子、吃饺子,于老家人,都是很有趣、很节日化的戏码。过年吃的饺子馅一般分为两种,一种是年三十夜里吃的,必须是素馅的,意为一年都素静。大年初一一早一直到正月十五吃的都是荤馅的,萝卜肉的。

十里不同习。山东有的地方初一吃素馅的。同为运河文化的聊城临清一带，初一的早饭吃各种馍馍、枣糕、粘窝窝等。佐以各种丸子、粉条、白菜炖成的"全菜"，意为吃全年的菜。

做饺子馅是个繁重的体力活，因为做得多，光萝卜就要洗一两盆，有几十斤。把秋天收获后埋到土里的萝卜拔出来（埋到土里防止糠心），洗净削好，挨个叉成丝，剁碎，用纱布裹了，一点点挤去多余的汁水。将猪肉剁碎，葱姜也要放很多，剁好了码在大盆里，包的时候再现调馅儿。

包饺子也是个热闹活儿。因为包得多，很少有各家包各家的，都是几家的女人女孩一起帮忙，大家齐动手，这家包好了再给下一家包。四五个女人围成一圈，没别的水果招待，啃块脆萝卜，也乐呵得很。除了包饺子馅，还会包各种花头儿。早些年，包古钱，后来古钱少了，就包硬币，包花生，包红枣，各有各的说道。

一个擀皮的快手，要供着三个包饺子的快手，还要比着谁的饺子捏得好看，速度又快。大家一边包饺子，一边啃萝卜，嘴里还不忘开着各种玩笑，拉着家长里短。

当地的妈妈们喜欢说一句话：许你吃，许你看，就是不许小孩鼓捣面！意思是担心孩子们糟蹋粮食。一般不让不会包饺子的小孩直接碰面，小孩主要负责把饺子从桌子上运送到盖帘上，被戏称为"饺子腿儿"。

有更小的孩子跑来跑去凑热闹，一屁股坐在刚包好的饺子上，爬起来一看，挂着一屁股烂饺子，惹得大家哈哈大笑。

初一早上第一顿饭一定是吃饺子。有细心的媳妇，包之前就特意做了记号，会把带钱的、带花生的盛到公婆碗里，意为发财、长命百岁。刚过门的小媳妇儿，会"不小心"吃到包了枣的饺子，枣核儿还要"不经意"地吐在桌上显眼的地方。一家人看到了，都高兴地笑闹起来——这意味着家里很快要添人口了。

人丁兴旺是多么开心的事儿啊。

白菜疙瘩车

妈妈小时候过年，姥姥会给她买一朵花。妈妈将头发梳成偏分，用卡子将花卡在头发多的那一侧。结了婚的小媳妇，则贴着耳朵卡。后来生活好点了，过年时会给女孩们买一双粉红色的袜子，穿上美得很。袜子遇水掉色厉害，染得脚都红了，也舍不得脱。

到我小时候，过年时，女孩子也会戴花。便宜的一毛钱一朵，是用蜡纸做的，防水，颜色有水红、大红、翠绿、橘红，还有花托和绿叶、黄色的花蕊，细铁丝做的花茎用绿纸缠绕着。绒布做的就贵些，要两毛一朵。

小时候没啥玩具，一毛钱买个鸭蛋大小的皮球也高兴得蹦高。爸爸从西藏回来前，大爷从百货大楼花一毛六买了把塑料驳壳枪给弟弟玩，可把他高兴坏了。弟弟平常玩的都是自己用废作业本叠的纸手枪，纸张太薄，稍微一使劲枪头就掉了。

年前我和弟弟跟着妈妈去赶集，集上卖一种木头做的鸟形玩具，机械传动，有轮子有翅膀，竹棍长长的当把，能放地上推着走，轮子一滚，两只翅膀就上下翻飞，还能发出声响。弟弟在摊位前看了好久，拔不动腿。玩具要一元钱一个，太贵了，只能看看。

回到家后，妈妈仿造那个鸟车的模样，找了个又长又粗的大白菜根，两头切平，切成扁圆柱轮子形状，中间挖个圆洞，插进一个短短的细竹棍儿，再拿一条半米多长的竹竿，一头切开一个口子，把白菜疙瘩轮子横着夹进去，两边固定住，弟弟就兴高采烈地满院子推着玩了，并起名叫"白菜疙瘩车"。

再不济的，把盆里、缸里的冰块都捞出来，折一段小麦秆，对着冰块中间吹热气儿。一会儿，就吹出一个洞，长绳子穿洞而过，几个孩子，一人拉上一块，到处跑，跑着跑着，冰块越来越小。天渐渐暖和了。

整个过年期间，孩子们都疯玩。男孩成群结队地打蜡子、抽陀螺，比赛推铁环、翻纸牌，女孩们跳橡皮筋、丢沙包、踢毽子，互相打扮着，给长头发编个新花样。

打蜡子，古人谓之"击壤"，古书中多有记载。三国时的吴人盛彦就曾在《击壤赋》中说："论众戏之为乐，独击壤之可娱，因风托势，罪一杀两。"诗人范成大、陆游等，都曾把"击壤"写进诗里，可见此项民间活动的风靡程度。

想起一句话，那些年，我们穷得像孙子，却快乐得像爷。

放鞭炮

男孩们天生爱放鞭炮。除夕十二点要放大炮、长炮，至少二百响或者五百响、一千响的。孩子们放的鞭炮则有另外的品种。"百子鞭",炮个头很小,声音较小,相对安全。还有"大地红""钻天猴""二踢脚"等。有钱的人家,会买几种礼花放放。礼花一上天,好多人家都能看到。

一毛钱一盒的摔炮最安全,没有炮捻,不用点火,两块硬土疙瘩中间夹上点火药,外面裹上一层旧报纸,往地上一摔,就很响,适合三四岁的孩子玩。再大点的孩子胆子大,技术过硬,就会放带捻的鞭炮。买一挂炮,舍不得一次放完,一个个小心拆开,不能拆断炮捻,拆成零散的,再一个个用上供的香点着了放。

听到谁家炮声响起,孩子们就赶紧跑过去捡没放响的哑炮,捡了放在口袋里。有的孩子捡的多了,最上面的炮捻露出口袋,手里点着的香不小心碰到了,砰砰砰一阵响,还没等孩子回过神来,衣服口袋被炸成了碎片,孩子的脸也被炸黑了。

大过年的,大人们图个吉利,不会打孩子,说他两句,换件衣服,就没事了。捡到没有炮捻的鞭炮也舍不得扔,折断了,对着放,点着一个,全部引着呲开花,只有火花,没有响声,名曰"呲花"。

有调皮的孩子，会放在树上放，把树枝子都炸掉了，惊得几树鸟雀乱飞乱撞。再不然，跑到大运河边上，把鞭炮插在冰面上，一点，冰面就被炸出一个洞。

　　那时候没有自来水，家家院中有一个大水缸，土陶做的，吃水就从村头的水井里用辘轳绞上来。有的顽童，会在人家水缸里点炮，一不小心就会把水缸炸裂，水流一地，顽童吓得拔腿就跑。不久，流出来的水就结了冰，鸡鸭跑过去，也差点滑倒，扑打着翅膀跑开了。

　　卖鞭炮的小贩很多，会聚集在集市边的空地上。对卖鞭炮的来说，吆喝得再好听也没用，响声就是最好的广告。一个小贩拿出一挂鞭炮："看咱的！谁有俺家的炮响！"拆开点着了，扔在空地上，炮声把半个上空都震抖了，炮声一停，立马围上一群买鞭炮的。旁边的小贩不甘示弱，也放了一挂，似乎比刚才的还要响，人群呼啦又围过去了。

　　年，就在这一阵响似一阵的鞭炮声中，愈发显得热闹起来了。

磕头拜年

"一夜连双岁,五更分二年。"年三十晚上,老人撑不住早早睡下了,孩子们大都不睡觉,疯玩一夜。有一年除夕夜,妹妹玩着玩着突然就失踪了,我去她常去的人家找了一整夜,翻遍了每个角落都寻不到她,一夜提心吊胆,也不敢回家。我不死心,天明后又去二大爷家找她,终于在偏房盛粮食的大瓮后面找到了她。她靠着大瓮,头歪着,口水挂在下巴上,睡得正香。

天色微明,就赶着去给长辈们磕头拜年。孙辈们挨个磕头,小男孩调皮,磕头时往后上方伸长一条腿,扮作尾巴,学孙大圣磕"长尾巴头"。有的做不好,就顺势翻了个跟头。有的还能砰砰地磕出声来,奶奶心疼地喊:"赶紧起来乖乖,别磕了别磕了。"

奶奶从褥子下面拿出早就准备好的红纸包,里面包着一毛两毛的毛票儿,挨个塞到小手心里。五毛那都是巨款,谁手里要举着五毛钱,那就是老大,屁股后面会有一群孩子围着喊着去买好吃的。

喊　发

最有湖区年味代表性的，非微山南阳古镇莫属。古老的大运河穿镇而过，河湖串联，水路交错。当地人以船为家，衣食住行赖之于湖，早捕黎明，晚捕黄昏，船底无根，哪里有鱼，船就摇去哪里，与岸上的繁华世间形成半隔绝状态，传统文化保存良好，古风犹存。

大年初一这天，除了各家相互拜年，说着吉利话儿，南阳镇还会有孩童打着灯笼上街唱吉利歌谣，俗称"喊发"。

歌谣有多种唱词和曲调：

"发财！发福！买地！盖屋！"

"今年好子(个)年，明年排大船，装红枣，下江南，装一个，卸一万，扫仓扫个八百担。"

"发来！圆来！元宝轱辘家里来……"

闭上眼睛，童谣声声，仿佛从耳边依稀传来，若有若无。

记忆中的故乡，记忆中的年味儿，终有一天，会随着历史的车轮，渐去渐远，直至消失在时光深处。

吆喝声声

二十世纪二三十年代，在中国北方运河岸边生活过的英国人米范威·布莱恩特出过一本书叫《在大运河的沿岸——一个有关中国华北平原的故事》。他在书里详细描述了近百年前中国北方运河沿岸的社会风貌和民间习俗，其中有一段写道：

> 城市沿运河的两岸铺开。街道很窄，铺着石板，上面盖着席子。到处都很热闹，贸易非常活跃。店铺很整洁。洒过水的鲜肉、新鲜的青菜和西瓜令人赏心悦目。空气中充满了街头商贩妙趣横生的叫卖声："樱桃，樱桃，比老虎眼睛还要大的樱桃！"（绝妙的比喻）"李子，比汤圆（汤圆是一种精致的食物）还好的李子！"等等。卖衣服和粗

布的商贩一边展示商品一边唱。他们在歌唱济宁府运河岸上的风光。

——摘自高晓茜、高建军所著《外眼观运河》

书中描述的是近百年前的山东济宁的吆喝声。如今，这些妙趣横生的吆喝声早已绝迹，无处可寻，令人怅然若失。

再后来，萧乾也曾写过一篇散文《吆喝》，记录了老北京的各种吆喝声。

记忆中，小的时候，叫醒我的，不是闹钟，不是鸡叫，是叫卖各种早点的吆喝声：

"热粥……"

"喝豆沫……"

"热油条，胡辣汤……"

"煎包……"

"糁汤，烫儿包……"

清晨的运河小城街巷，一片安静祥和，一切都还在睡梦中。随着婉转悠长的吆喝声传来，紧接着鸡鸣犬吠，群鸟呖呖，加上各家妈妈们催促孩子起床上学的声音，大人们骑着自行车出门上班摁铃铛的声音，各种声音此起彼伏，热闹地混杂在一起，整个小城都醒了。

我睁开眼睛看看窗外,不远处卖早点的摊位在热气里氤氲着。我被这吆喝声和早点的香味挑逗着,睡眼惺忪地爬起来,飞快地刷牙洗脸。邻居家的小青已经在我家门口等着了:"快点啊,别迟到了!"我匆匆喝了一碗粥,拿上两个烫儿包吹着吃着,飞奔着出了门。烫儿包,实际上就是灌汤包,因为包子是现从笼屉里夹出来的,滚烫滚烫的,老家人就起名叫烫儿包。

新的一天,就在这吆喝声中拉开了序幕。

一年四季,走街串巷的五行八作的贩夫走卒,喜欢用各种有趣的声音把所从事的行当吆喝出来:

"磨——剪——子咪——,戗——菜刀——"

"锔盆锔缸——锔锅咪!"

"收废铜烂铁——有空酒瓶子、罐头瓶子、废纸壳子、烂棉花套子拿来卖喽——"

"照相咪——"

"卖鲜鱼,活蹦乱跳的微山湖鲜鱼——"

……

每一个行当的吆喝声,虽然不是出自同一个人,声音却几乎一模一样。没有师傅教,似乎是这么一代代传下来的。

有些行当，是不用吆喝的。

我最喜欢的，见得最多的，是一位经常到我家附近的老货郎。他长着花白的胡子，推着一辆独轮车，模样有些像《射雕英雄传》里的老顽童。

货郎是用不着吆喝的，他们摇鼓叫卖。那个鼓，我们叫它货郎鼓，比孩子们玩的拨浪鼓要大得多。一进村，货郎摇的鼓点是"叮咚，叮咚，叮咚叮咚"，听起来像在说"出动，出动，出动出动"，像在召唤人们出来买东西。等独轮车围上了几个人，鼓声就加快了，变成了"叮个隆咚！叮个隆咚！叮个隆咚咚"，充满了喜悦感，人也越围越多了。这时，叼着烟卷儿的老货郎就会笑眯眯、慢悠悠地收了鼓，开始卖货了。

大姑娘小媳妇、老太太小娃娃都纷纷出动了，他们对这个鼓声太熟悉了。

独轮车用个大玻璃罩子罩着，里面都是些不值钱的小玩意儿，超过一角钱的几乎没有。罩子四角的玻璃缝里插着一些五颜六色的纸风车，几岁的娃娃喜欢玩。让老货郎挑一个转得最快的，手举着往前跑，风车就呼呼地转。或者插到有风的窗边，任由风吹着转。

觉得转得不快，又拿去换，换来换去，感觉还是第一个转得快。老货郎也不烦，依然笑呵呵的。

卷成卷的白莲纸，几分钱一张，刚上学的孩子需要。可以自己裁开用线缝成作业本，比卖的作业本要便宜点，但是纸太脆，很容易破，写字不敢使劲儿。日常生活中的各种用品，针头线脑，小姑娘戴的绢花头饰，老太太戴的铁丝发卡，老头用的旱烟袋、烟嘴，还有泥土烧制的小鸟，一吹会发出鸟叫声，只是要拿稳了，否则掉到地上立马就摔碎了。

染衣服的染料用纸包着，有黑色、藏蓝色、红色、灰色等。衣服穿旧了，褪色了，或者想换个颜色，就可以花几分钱买包染料，把染料和衣服放锅里煮了，拿出来晾干，染色就完成了，仿佛有了一件新的衣服，穿上又可以美一美。

还有一分钱两根的缝衣针、顶针。奶奶每天梳头发，把掉的头发搜集起来，团成团，塞到土墙缝里。货郎来了，就可以用头发换几根针用。一大家子人，十几个孙子孙女，身上穿的开裆裤、"蛤蟆皮"、布鞋、棉鞋，几乎都是奶奶每天一针一线缝出来的。

冬天的时候，一种装在河蚌壳里的蛤蜊油最受欢迎。这种油油脂含量很高,手脚被冻裂了,抹上几次就好。

除了这些,还卖气球。气球的开口固定在一截小竹管上,用力吹竹管,就可以把气球吹起来。然后再松开嘴,看着里面的气一点点出来,并发出声响,气球一点点瘪下去,然后再吹气,如此反复。

卖东西的,一天到晚会来好几家。老货郎刚走,一会儿,卖香油的老妇人来了。也不吆喝,敲个木头梆子,桑木扁担上下忽闪着,无声无息。放香油的是两个瓷坛子。盖子很重,一掀开,扑鼻的香气能飘出老远。这香气,总归又吸引来几个婶子大娘,买不买的,先凑个热闹。一个婶子打趣道:"你家这香油,顶着风都要香出二里地去!"

打香油的端子是铁皮做的,有一两的和二两的两种。买香油的一般只要一两或者二两。那个年代,香油都是小石磨一点点磨出来的,很香,也贵,不是生活必需品,可买可不买,家境好的才会买上二两。早上,老人们喜欢用开水冲个打散的土鸡蛋,放上白糖或者盐,滴上几滴香油,败火,滋润。或者拌凉菜时滴上几滴,总归都香得很。

婶婶大娘们慢悠悠地提个空瓶子出来，老妇人蹲着，把漏斗插到空瓶里，香油用端子提上来高过头顶，端子一倾斜，香油闪着透明的金光，拉成一条流线，呼地一下倒进漏斗里，然后翻在漏斗上，把端子里的香油一滴不剩地控干净。整个过程，一滴都不会洒出来。既不显山不露水地卖弄了水平，又像在告诉你，你看，我保证一滴都不少给你。

有的吆喝声，只有在特定的季节才有。

春天最不能忽略的，是卖小鸡的吆喝声："卖小鸡了！卖小——鸡了！""卖"读成"买"，第一个和第二个"了"，是读成"嘹"音的，我也不知道为什么这么读。

卖小鸡的一出来吆喝，春天才算真正来临了。

卖小鸡的都是壮汉，自行车后座带着用芦苇编的大筐，摞好几层，里面都是小鸡。筐上有盖子，盖子上还盖着花布。买鸡的分不清公母，卖鸡人能看出来，却不告诉你从哪里分辨。为了多下蛋，买鸡的都是要一两只公鸡，剩下的全要母鸡。因为怕给的公鸡多，母鸡少，买鸡钱不是当时就给的，可以赊账。每家要了多少只，卖鸡人都记在一个小本子上。

几个月后,小鸡们长大了,知道公母了,卖鸡人就拿着记账本,挨家挨户敲门收钱。年年赊账,倒也没有赖账的,更没有人家被骗,养了一窝公鸡的。有一回账本上写着:梁三奶奶赊鸡十个。卖鸡人来收账时,老人已经去世了,也就罢了。

那时的人穷,但是都讲诚信。

小鸡们渐渐长大了,小公鸡慢慢开始学打鸣,声音沙哑,常常引来孩子们一边模仿一边笑。母鸡们开始下蛋了,公鸡煞有架势地在鸡窝边守卫,人一靠近,公鸡脖子上的毛就竖起来,摆出一副凶相。母鸡下了蛋从鸡窝里跳出来,还没等叫,公鸡先咯咯哒咯咯哒地叫起来。女主人听见叫声,会抓一把麦子犒劳它们,公鸡就赶紧招呼母鸡们过去吃。

有一年我家的老母鸡孵出了一窝小鸡,母鸡领着小鸡到处找虫子吃,吃饱了就在太阳下打盹儿。下雨了,母鸡就张开翅膀,咕咕咕地唤着,小鸡崽们就东倒西歪地跑过去,全躲在它的翅膀下面,我只能看到一堆小鸡腿在母鸡身子底下。

多年后,我想起在下雨或者寒冷的天气里,爸爸妈妈也是这么自然地用胳膊搂着我们姐弟几个。那胳胳底下温暖的感觉啊，几十年了，仿佛还在。

夏天，要是少了卖冰糕的吆喝声，那还怎么能叫夏天呢？卖冰糕的是个高个子的帅小伙。黑亮的头发斜分着，因为有些长，还一甩一甩的。冰糕箱子是木质的，刷了白漆，冰糕都摆得整整齐齐，裹在棉被里。

"冰糕——卖冰糕了，五分！"没有一点花样的吆喝声，卖的也只有一种老冰棍儿，却是最吸引孩子们的声音。小伙子第一次过来没几个人买，后来就有点化了，又第二次骑回来吆喝："冰糕——三分了！再不买就没有了！"有时突然遇到下雨，暑热就退了不少，两分一根他也卖的，不然化完了赔得更多。没钱买的孩子就会央求买了冰棍儿的孩子："给我舔一口吧。"然后，你一口，我一口……

在那些炎热的夏天里，吃一根几分钱的冰棍儿，就是很美的生活了。

大人们要是拿根冰棍儿舔来舔去，是会让人笑话的。大人们喜欢吃凉粉。卖凉粉的自行车后面绑一根横木，横木两头又各捆着一个大铁桶，桶里是透心凉的井水，里面泡着一块块切成方形的凉粉，桶上面覆盖着一层防尘的纱布。凉粉是用绿豆和扁豆做的，呈灰绿色。

"卖凉粉啦,透心凉的绿豆凉粉——"买凉粉的闻声拿个盘子出来。卖家称一块凉粉,切成小块,现场捣点蒜泥,放点盐、醋,浇上两勺麻汁,一份美味清凉的麻汁凉粉就做好了。

在学校通往家的一个十字路口,有个老爷爷摆着烟摊,除了卖烟,还卖炒瓜子,用报纸包成长三角形,一毛钱一包。放学时有孩子路过,他就招呼孩子买瓜子。一包有不少瓜子,俩裤子口袋能装满。那时,谁身上有几毛钱那都是爷。买一毛钱的瓜子,后面跟着一群小孩儿,一人分一把,吃得满嘴香。

再后来有了五香瓜子,一毛钱一包,但分量少了很多,一个人一会儿就吃完了。五香瓜子是多味的,分量少,吃得不过瘾,有的孩子就把吃完的瓜子皮再吃一遍,嚼得没滋味了才吐出来。

在烟台地区,有吆喝着卖海瓜子的:"波喽——波喽——"孩子们围上去,花三分钱或者五分钱买一酒杯,酒杯是六钱大小的。一般都买上一毛钱的,几个孩子,一个人就能分一把。海瓜子有尖的和圆的两种。尖的不用工具,把后腚咬破,或者把后腚尖插到钥匙中间的眼里，一掰，断了，再用嘴直接从前面吸就行。圆的需要用针挑出来吃。

秋冬季节，最盼望的是听到爆米花机嘭的那声响。

爆爆米花的一般都在周六的傍晚来，那时孩子们还不着急写作业。爆爆米花的是兄弟俩，十二三岁的模样。他们穿的衣服永远都是破的，五个扣子能缺三个。问起来，小的立马眼里有泪：娘嫌家里穷，跑了；爹出门干泥瓦匠了。兄弟俩早早辍了学，走街串巷爆爆米花。二云家大娘看孩子可怜，就跑回家取了针线、纽扣，帮兄弟俩缝上扣子。爆爆米花不用吆喝，嘭一声，孩子们就知道爆爆米花的来了，急匆匆放下碗筷，挖了玉米或者大米，纷纷挎着笸子从家里聚拢来。一毛钱爆一锅爆米花，给个七八分钱也行，多少随意。

队伍排得好长，家里孩子多的一次爆两三锅，一直吃到过了年。先爆好的孩子，总要举着笸子挨个让还没挨上号的抓一把尝尝。有的吃，也就不着急了，一边玩一边等。爆完最后一家，往往就深夜了。

妈妈把盛爆米花的笸子高高悬挂在房梁下，不让我们多吃，说吃多了会上火。这又能拦着谁呢？踩个凳子就够着了。妈妈拿下笸子一看："咦？怎么吃得这么快?"我们就偷笑。

有的吆喝声,一年四季都有。

像卖菜的,卖的都是时令蔬菜,冬天只有萝卜、白菜、土豆,春夏秋花样就数不胜数了。

卖菜的一吆喝就是一长串儿,卖的菜品种不同,吆喝的词也不一样:"卖菜喽!小菠菜、嫩油菜、芹菜、豆角子、芸豆、茄子、薄皮辣椒、甜死人的红芋、沙瓤的柿子(西红柿)、顶花带刺的嫩黄瓜……"

小城人吃菜讲究新鲜,这些菜大都是凌晨打着手电筒采摘的。用清洌的井水淘洗干净,将老叶、黄叶摘去,捆扎得齐整漂亮,很是诱人。

小城煤矿众多,一年四季都有人拉着地排车卖煤。有一回,一个卖鸡蛋的在前面吆喝:"卖鸡蛋了!卖鸡蛋了!"卖煤的故意接着喊:"卖煤(没)了!卖煤(没)了!"气得卖鸡蛋的直翻白眼。

再早些年,还有一种吆喝,是不用现钱买的,是拿东西换的。

卖豆腐的,不是吆喝卖豆腐,而是敲着梆喊"换豆腐了"。是拿着黄豆换豆腐的。卖烧饼的,用小麦换;卖大米的,用玉米换,二斤半玉米换一斤大米。大米越来越少，玉米越来越多，自行车上有好几百斤了，轮胎都瘪了。换大米的汉子一点不慌，借个打气筒，打饱了气，腿一搭，居然又晃晃悠悠骑着走了。

随着社会的变迁，这些走街串巷卖东西的吆喝声已难觅踪影，取而代之的是用喇叭录好的声音，一遍遍机械地重复着。喇叭的声音在周末的午睡时刻突然响起，毫无美感，只剩下烦人的聒噪声。

清明节，我出去踏青，突然又听到几声卖小鸡的吆喝声。那熟悉的叫卖声，令人突然间就湿了眼眶。

在那个物质和精神生活都相对贫乏的年代，这些吆喝声，是一种生动有趣的活广告，是五行八作的人谋生的手段，更蕴含着浓浓的生活情趣。

日子清苦，赚钱难，总要养家糊口，走着，吆喝着，心情就好了，生意就红火了，日子仿佛就不那么苦了。以至于多年后回想起来，似乎苦的都没了，只留存了美好的记忆。那吆喝声声，成了那个时代不可磨灭的印记……

太和汤闲话

小时候看电视里的古装片，常常有这样的场景：黄沙漫天，一个破布幌子在空中随风而动，上书一个"茶"字，茅草庵下摆着几个破桌凳。紧接着，一个黑纱遮面、手扶兵器的大侠走过来，"掌柜的，来碗茶"。

茶碗刚被端起，还没等湿湿嘴，跟踪的探子也来了。几个眼神交错，大侠一拍桌子，茶碗划着弧线飞了出去，噼里啪啦就开打了。可惜了那碗茶。

有人说，白开水是中国人灵魂深处怎么也戒不掉的多巴胺。

白开水，无色无味，在中医理论里为百药之王，又叫太和汤。去看中医，似乎不管是什么病，医生都会一边开药方一边叮嘱你，回去多喝白开水啊。

其实，全民喝白开水也才几十年的事儿，是中华人民共和国成立后卫生防疫部门为了减少寄生虫病才推广开来的。

电影《活着》里有个镜头，福贵的老婆家珍背着儿子领着女儿，拉着开水车，挨家挨户送开水。

以前的国人是没有条件随时喝到热水的。

百年前，进口暖水瓶首先进入上海，价格昂贵，非一般平民所能享有。一直到二十世纪五六十年代，年轻人结婚，暖水瓶还是除了自行车、手表、缝纫机"三大件"之外最好的嫁妆。

到了二十世纪七十年代，银闪闪的壶盖，深红外壳，上面印着"红双喜"的暖水瓶，依然是需要走后门或者拿着结婚证才能买到的紧俏货。一对暖瓶往桌上一摆，气派中透着十足的烟火气。

那时候，工厂里给劳模发奖，暖水瓶加大红花是标配，也是比搪瓷缸子更高级的奖品。

记忆中，小时候，街边大树下会有老婆婆摆摊卖茶。

老式的土茶壶，肚大高深，茶水用廉价的茶叶末泡好，玻璃杯装着，再压一块玻璃片儿，防止进土。水是从压水井里压出来的，喝起来有一股淡淡的咸香味。进城办事的人路过，饥渴难忍，花两分钱三分钱，坐在小马扎上，用帽子扇着风，手绢擦着汗，喝上一杯，清清凉凉的非常解渴，顺便还歇了脚，打听了路。

也有不是为了解渴买茶喝的人。穿着白"的确良"衬衫蓝裤子的男青年，看中了某家的姑娘，又不好意思约她出来。寻到她家住处，不敢进门，又不能让人看出他在等人，就在姑娘必经的路口找个卖茶的摊子，撑起自行车后支架，要一壶茶，坐在马扎上一边喝一边翘首张望姑娘走来的方向。一壶茶见底了，姑娘还没见踪影。尿急，又恐寻厕所的工夫姑娘就走过去了，急得不知道怎么是好。卖茶的老婆婆看穿了，也不说破，慢悠悠地和他搭着话儿。

那是二十世纪六七十年代的年轻人谈恋爱时的常见镜头。

卖开水，在过去也是五行八作中的一种行当，叫开水铺或者水铺子。鲁西南一带是拉动风箱点煤烧水的，管白开水叫茶，管茶水叫茶叶水，所以形象地称这行为拉茶的。

一般的家庭也只有在做饭的时候才生火点炉子，平时都不动火。有的人家，早上起来想冲碗鸡蛋茶，或者来客人了需要沏茶,晚上需要洗脸、洗脚再灌个热水袋暖脚,抑或是家里有产妇、婴儿、卧床的老人、病人,就到拉茶的那里去打壶开水。而穷苦人家一年四季多半喝生水,我小时候还常常可以见到用明矾清洁生水的老人。

那个年代,燃料宝贵,买开水算起来比自己再点炉子烧水反而实惠些。拉茶的都是小本生意,没什么店名和招牌,也不需要有文化,盘个多灶口的黄泥炉子,旁边支个风箱,买口大水缸、几把座壶,就能开张了。

初中时我有个关系最要好的女同学,父母远在外省,她一个人跟着年迈的姥姥生活。第一次去她家时我才得知,她的姥姥是拉茶的,这个行当在当时的县城也只有两三家。

我曾走进那个拉茶的小屋里去瞧。因常年用煤炭烧水,屋子四壁被熏得乌黑,稻草和着泥巴垒砌的炉台,一排大概有四五个炉口,每个炉口上放一个同样熏得漆黑的大座壶。炉膛内是相通的,旁边有个老旧的风箱,一拉一伸间,炉火就旺了起来,水壶里的水一会儿就烧开了。灰色的煤烟裹着白色的热气,在小院里缠绕着,升腾着。姥姥就在那烟气里穿梭忙碌着。

看到上空的烟气，买开水的人就陆续来了。一边灌水，一边和姥姥拉着家常话。可以拿着自家的暖水瓶来灌，也可以直接把灌好的暖水瓶提走，喝完了，再把空水瓶送来，把灌好的再提走，如此反复。5分钱一暖瓶。来客的人家酒满茶浅，茶喝到第三杯，就算送客茶了，客人心领神会，心满意足地辞别。在寒冷的冬夜里，夜啼的婴孩喝了白开水冲的吃食，安静地睡去了；病人就着热水吃了药，又有了暖脚的热水袋，病似乎去了大半。

那时县城里还没普及自来水，住平房的人家大多吃自家院里压水井里的水。姥姥嫌压水井里的水不够清澈，也总归是没有过滤过，不够卫生吧。每天清晨，同学还没起床，姥姥做好了早饭，就出门去县招待所拉水了。那里有自来水。一个大地排车，车上用绳子五花大绑着一个超大的铁桶。算起来姥姥那年已经66岁了，背都有些驼了。去的时候省力气，回来车装满了水，路面又不平整，拉着就费力些。

县城里有个外乡来的乞丐，是个哑巴，名叫亚青，智力也有些问题，见人就咧着嘴傻笑。他50岁左右的年纪，不去讨饭时，就主动来帮忙拉水、烧水。有他的帮忙，就省力多了。姥姥会留下他一起吃饭，也会给他点钱。有时候，亚青出去讨来的干净吃食，她们也一起吃。老的少的三口人，相处得像一家人一样。

老人每天守着炉膛卖开水，总有人陆续来买，能一直卖到深夜。同学已经睡下了，她还没收工。

老人拉茶拉了几十年，直到拉不动才不干了。多年后，已经在南方当了老师的同学打来电话说，姥姥去世了，享年93岁。葬礼上，亚青也来了，哭得拉不起来。拉茶的姥姥走了，拉茶这个营生，也随之在老家无声无息地消失了。

前几年路过枣庄山亭区的一个农村大集，我居然又看到了拉茶这个营生。一个75岁的大爷，左手拉着枣木的独杆风箱，右手抽着烟，风箱旁放着泡好的茶水。大爷从十几岁就开始拉风箱卖开水，一卖就是60多年。大爷说，他不为挣钱，一天才挣二三十块钱，刚好能裹住他吸烟的钱，就为了兄弟爷们喝水方便。开水不按壶卖，想喝多少就能灌多少，喝完了再拿着壶来灌。钱是到天黑集市散了再给的，三块两块的随便给。说着话拉着呱，这一天天就过去了。

冬天集市上冷，做生意的人有杯热水喝，就着吃食，身子立马暖和多了。闲着没事干的老人，用这开水泡着茶，下着棋，打着牌，听着收音机里的戏，话几句桑麻，打发着时光。

草芥江湖的世界，热闹、鲜活、市井。世间烦扰，被这氤氲的人间烟火一熏一烫，揉碎了一地。仿佛在告诉你，纵使命运再不堪，也要热气腾腾地活着，如同这一壶壶滚烫的白开水。

凡是过往，皆为序章。

喝开水的历史片段，如镜子，映照着时代真实的截面。

看戏

中国戏剧的兴起最早可以追溯到秦汉时期。一直到电视普及之前,百姓最主要的乐事还是看戏。"三五步行遍天下,六七人百万雄兵""眨眼间数年光阴,寸柱香千秋万代",无数帝王将相、才子佳人、平民百姓的人生起伏、喜怒哀乐,就在这方寸大的舞台上用一两个小时展现出来了。

在中国大小几百个戏曲剧种中,京剧、评剧、豫剧、越剧、黄梅戏,被称为"五大剧种"。说起来,除了评剧听得少些,别的我还算熟悉。

一到冬天,各地都搭戏台请戏班子唱戏。老祖宗的规矩,戏一开锣,哪怕遇到狂风暴雨、漫天飞雪,台下一个观众都没有,也要一字一句唱完。

我最早的戏剧启蒙是四五岁时跟着姥姥去看戏。一打听到附近有唱戏的,妈妈就捎信让姥姥来。吃罢晚饭,姥姥背着一个靠背竹椅,一手拽着我,加入浩浩荡荡的看戏大军。远远听到锣鼓声响,就表明戏台快到了。冬天看戏比较遭罪,换场期间,搓手跺脚声此起彼伏,但手脚冻麻了也看得有滋有味。看的啥戏已记不清了,只记得有一回,演员在前台咿咿呀呀地唱,我趁着月黑风高,偷偷溜到后台去了。一个花旦正对镜贴花黄,听到响声顾盼浅笑:"这是谁家的小丫头呀?"露一口细白牙。惊慌间,姥姥也急急地寻来了。

奶奶喜欢越剧。天刚蒙蒙亮,各种唱段就伴着麻雀的叫声从收音机里传出来。高兴时,奶奶一边干活一边唱道:"我家有个小九妹……梁兄你花轿早来抬……""想当初,妹妹从江南初来到,宝玉是终日相伴共欢笑……"

看着,唱着,姥姥和奶奶,都不见了。

长到十多岁,逛济南的英雄山市场,有时能遇到小地方来的戏班子,旧木箱子旧戏服,地点就在山脚下。剧种多是吕剧或豫剧。我站在半山坡上,一边看戏,一边顺手摘食身边满山遍野的野酸枣儿。

看戏

在上海念大一时，闲逛中偶然发现一个小戏园子，离学校不足千米，我喜不自禁。推开老式的木门，再撩开厚厚的棉帘子，迎面摆一木桌，桌上放几个大水壶，旧报纸包着圆锥状的瓜子，桌子上方并排挂着俩木牌。一块用粉笔写着：香茗一杯一元，瓜子一包一元。另一块写着要上演的剧目、剧团名称、上演时间，还有天气预报。最后一行小字写着今晚降温及时添衣或明日有雨勿忘带伞云云。

看戏的绝大多数是老年人，中年人已属鲜见。第一次撩开棉帘子进去，满场的老人齐刷刷看向我。邻座的阿婆笑着轻拍我的手：侬也欢喜窥戏呀？蛮好蛮好！

小戏园子上演的多是沪剧、越剧、淮剧等南方剧种。开始我听不太懂，去了几次就熟悉了、爱上了。每个周末奔波在往返戏园子的路上，乐此不疲。

京剧流派甚多，各有千秋，互不逊色，在五大剧种中是当仁不让的大哥。不懂什么流派，一旦入耳入心，看哪派都觉欢喜。

爷爷曾是个京剧票友，兴到浓时，也长袍马褂、油彩涂脸上台亮一嗓子。爷爷会唱全本的《捉放曹》，自己当导演并扮演曹操，让父亲兄弟五人分别扮演剧中的角色。

半个多世纪前，父亲在济宁的南阳湖做老师，把干莲蓬串起来当铁锁链，扮李玉和唱给学生和附近的群众听："临行喝妈一碗酒，浑身是胆雄赳赳。鸠山设宴和我交朋友，千杯万盏会应酬……"为表达遭受了日本鬼子的重刑，父亲还故意把红墨水洒在白褂子上。那唱的不仅是戏，是青春如歌，是家国情怀。

1996年初，上海京剧院举办"京剧走向青年"巡回演出，在上海各大高校演出，场场爆满。我跟着校车追了好几家高校，演出的三场戏《曹操与杨修》《盘丝洞》《杨门女将》，场场必到。我最喜欢的是获奖无数的《曹操与杨修》，演员身形声神皆精湛专业。两大枭雄对决，剪不断理还乱，如饮醇醪，不觉自醉。宏大华丽的舞美随剧情和人物需要不停变换，前呼后应，虚实结合，色彩明暗互换，灯光冷暖对比，整体极具艺术之美。

最后一场演出谢幕后，我依依不舍地出了礼堂。天落雨了。我站在雨中等校车来接，曲终人散空愁暮，突觉无限感伤。

"湖月照我影，送我至剡溪。"大家闺秀般的越剧，穿过清清的剡溪水，从浙江嵊州款款走来，到了上海，逐步开枝散叶、发扬光大，受到多地百姓的喜爱。鼎盛时期，几乎每个省都有越剧团。多年前，我有幸在济南享受了一场浙江小百花越剧团的《红楼梦》盛宴，余音绕梁，三月不知肉味。

"腔曲何处最百媚，广陵山水吴越声。"听越剧，即使你把声音调到最大，依然如泉过涧，温温润润。越剧长于抒情，声腔清幽万里，唯美典雅，剧情多为才子佳人的爱情故事，在国外被称为"中国歌剧"。在日内瓦会议上，周总理用新中国第一部彩色戏曲电影《梁山伯与祝英台》招待外宾，艳惊四座。不管是南方人还是北方人，梁祝的故事妇孺皆知，再不会唱戏的也能来一句"天上掉下个林妹妹"。

日本人说，"今晚月色真美"。这种文艺含蓄的表白，在《红楼梦》里，就变成了"这个妹妹我曾见过的""只道他腹内草莽人轻浮，却原来骨格清奇非俗流。娴静犹如花照水，行动好比风扶柳……"与君初相见，犹如故人归。王派委婉曲折、韵味浓郁的腔调一出口，江南的小桥流水、才子佳人，温吞世俗的人间烟火如在眼前。水袖抬步，唱腔拿捏，字字珠玑，句句入骨。愿我如月卿如星，朗朗苍穹共缱绻。鲜衣怒马，陌上风流，落英缤纷梦一场。怎一个美字了得！

黄梅戏，曲调清新婉转，载歌载舞，在戏剧家族中像一个活泼可爱的邻家小妹。被人们熟知的有《天仙配》《花木兰》《女驸马》《打猪草》等。《打猪草》选段《对花》唱词通俗有趣，几乎人人都会唱几句。

较之前面的唱段，我更喜欢《对花》结尾的细节处理。金小毛送陶金花到家门口，小毛转身要回家，金花念白："你莫走莫走舍！我回去看看我妈妈可在家，我妈妈要不在家呢，我就打三个鸡蛋，泡一碗炒米把你吃啊！"金花发现妈妈不在，出来拉着小毛说："小毛哎，我妈妈不在家，吃鸡蛋炒米去呦！"全剧终。几句对白，体现的是皖南百姓的生活气息，是点到为止的少年懵懂情怀。打荷包蛋泡炒米正是皖南人待客最简捷常见的小吃。此戏一传播开来，剧尾台词"我妈妈要不在家呢，我就打三个鸡蛋，泡一碗炒米把你吃"，成了当时皖南人喜欢的客套俚语。

三天不吃馍，也要听刘忠河；三天不吃米，也要听洪先礼；冬天不穿袄，也要看牛得草；三天不喝汤，也得听听赵振方；吃扁食不放盐，也得听听毛爱莲。这些都是老百姓对豫剧大家的赞许。豫剧是唯一一个不靠国家扶持依然能赚钱并红火至今的剧种，这真是一个奇迹。豫剧像一位勤劳勇敢的老父亲，给一家老小带来安全感。豫剧唱的多是忠孝仁义，其唱腔简单平直，易学易懂，拥有强大的群众基础。除了河南，在山东、陕西、苏北、皖北、河北等地都有大量拥趸。各地除了国有剧团，民营豫剧团也不计其数，从业人员达数十万人。《朝阳沟》《花木兰》《铡美案》《穆桂英挂帅》《卷席筒》，都是豫剧戏迷耳熟能详的心头好。

"亲家母,你坐下,咱们说说知心话……"二十世纪七八十年代,只要村里的高音喇叭突然循环播放豫剧《朝阳沟》,那指定是谁家小子在娶媳妇。山东人结婚,《朝阳沟》是必放曲目。银环妈上门,拴保妈见招拆招,旁边还有个神助攻,一来一去,高下急徐,清脆自如的唱腔响彻晴空,热闹又喜庆。

二十世纪六十年代,豫剧《朝阳沟》红遍全国。听父辈人讲,戏剧下乡的年代,《朝阳沟》在多地演出,观众人山人海,到散场时,被踩掉的鞋子能拉一车。多年后,前奏一起,大师马金凤一张口:"辕门外三声炮如同雷震,天波府里走出来我保国臣……"不知能唱哭多少漂泊在外的河南游子。

随着短视频平台的大力宣扬,百姓身体里埋藏已久的传统文化基因苏醒了,越来越多的中年人、年轻人也爱上了看戏。也许,他们看的不仅仅是戏,是童年记忆,是对上一辈亲人的深念,是对传统文化的敬仰。那些扑面而来的美好音调,如冬日午后的阳光,把寂寞的心灵紧紧包裹。

鞋

鞋履虽小，天地却大。古人把身上的服饰分作首衣、上衣、下衣和足衣。足衣，就是古人对鞋和袜的统称。当年，醉酒的李白对着高力士展足曰：去靴！大好前途由此断送。宋朝时兴起的缠足之风，直到新中国成立后才被肃清。明朝时对百姓的穿衣打扮都有详细规定，除了官员和北方寒冷地区，庶民一律不准穿靴子。鞋在古代女子心目中有着特殊地位，常被作为定情、吉祥之物，在唐宋时期已成风俗。

时代的列车呼啸而过。到了二十世纪七八十年代，国人依然流行穿手工布鞋。

沙汀在《开会》里写道："他身材不高，衣着朴素，足下穿着一双附有鞋襻的家制布鞋。"

> 六月里呀热天气，谷子那个秀了穗，高粱晒红米。今天队里放了假，姑嫂们来到大树底，手拿麻绳，趁着闲空纳鞋底……

安徽广德民歌《纳鞋底》描绘了几十年前农村妇女一起做鞋的场景。做鞋也是山东农村妇女人人都会、又极常见的手工活。农村妇女似乎随时随地都在做鞋。串门时，几个人一边聊天一边纳鞋底，即便去地里干活，也要在怀里揣着鞋底，干累了在地头歇息时纳上几趟。

那些年的春天，女人们早早就为一家人做好夏天穿的带鞋襻露脚面的布鞋，夏天做秋天的夹鞋，秋天做冬天的棉鞋，冬天又做春天的布鞋……

做鞋是个又苦又烦琐的手工活儿。一只鞋底就要纳一两千针，每针都要经过锥眼、穿线、走线、拉紧。女人们用腿搓麻线，时间长了把腿都磨破了，手指也被麻绳勒变了形。

做一双鞋之前，要先去找鞋样子。那些巧手的婶婶大娘的针线筐里都有珍藏的一摞摞的鞋样子——是用白莲纸、牛皮纸或报纸剪好的鞋帮和鞋底，上面写着码号大小。

做鞋的工序很繁杂，大致要经过捻线坨子、选旧棉布、打糨糊、打袼褙、做鞋底鞋帮、绱鞋、楦鞋这样一个工序。线坨子是用来捻麻线的，麻线用来纳鞋底。女人们在村口一边聊天一边在大腿上把几根单线合成一股，线陀子不停地转啊转。

穿手工鞋的年代，布鞋还有一种特殊的含义。当年爸爸妈妈刚订了婚事，奶奶就给妈妈做了一双黑灯芯绒布鞋，妈妈欢喜得左看右看舍不得脱。

倘若有谁家二十出头的男青年突然穿了一双新鞋，婶子大娘们看到了就会问："啧啧，这个鞋做得可不孬，是谁的手艺？"青年答："俺娘给俺做的。"众人于是围着研究下针脚，一顿夸赞。要是头一低脸一红不吱声了，不用问了，保准是没过门的媳妇给做的。

穿了人家做的新鞋，婚事也就近了。

小时候，穿什么样的衣服什么样的鞋子，好像都是有时节的。

过了年，就盼着天气快点变暖，一冬天的积雪融化了，再把路晒个半干，就可以穿着新鞋到处跑着玩了。

棉鞋笨重又不够美，踢毽子都不容易落到脚面上。我老是追着妈妈问："啥时候可以脱掉棉鞋啊？"妈妈说："柳叶儿绿了就可以脱棉鞋了。"

春天乍暖还寒，心细的妈妈让我们早上穿棉鞋，中午暖和了换上单鞋，棉鞋放木窗棂上晒一中午，下午放学时再换上晒热乎的棉鞋。一双鞋，让妈妈整出了仪式感。

清明节时学校组织去扫墓，从山上跑回家出一身汗，就该脱棉袄棉裤了。我又盼着穿裙子。妈妈说，等土豆开花了就能穿裙子了。于是，我就天天绕路去看土豆有没有开花。终于，叶里钻出了骨朵，又仿佛在一夜间开出了紫色的小花，很快，紫色就开成了一大片。女孩们都换上了花裙子、单鞋。

冬天，微山湖的穷苦人会穿一种自制的芦花鞋。当地人叫"茅窝"，是用湖中的芦苇花和稻草做成的，

并不保暖,鞋底钉着木块,又大又笨重,相当于现在的高跟鞋的防水台,又有点像日本人穿的木屐。

后来,百货大楼开始卖塑料鞋底。不用纳鞋底了,做鞋就省力多了,直接买来鞋底把鞋帮绱上即可。但是塑料鞋底穿久了就磨平了,不防滑。有一回,几个男孩子比赛跑步,一个孩子因为鞋底太滑,没刹住车,直接跑到猪圈里去了,踩了一脚猪粪,孩子们乐得四仰八叉。

到了二十世纪八十年代,塑料凉鞋特别流行。和布鞋相比,塑料凉鞋脏了可随时清洗,甚至能随心所欲地在水坑里踩得水花乱溅,那是孩子们的最爱。

塑料凉鞋穿坏了,大人们会用尼龙线缝上,或者用烧红的烙铁把一块废塑料烫软了粘上。再坏了再粘,实在不能穿了就剪成拖鞋。把拖鞋穿得底都被磨掉一块,又拿去卖给收废品的,或者遇到货郎来了,换两个气球吹着玩。

有一年夏天,弟弟的凉鞋鞋襻断了,被妈妈拿尼龙线缝了,结果又断了。修也修不好了,夏天快过去了,再买一双不值得,妈妈就临时让他穿了我穿小了的女式凉鞋去上学,结果引来几个同学一阵取笑。那天放学，弟弟一路哭着回家了。弟弟的第一根腰带是两根接起来的旧鞋带，再后来换成一根红色的布带，布带容易变松，裤子总往下掉。他爱踢足球，考上大学后，大爷花五元钱给他买了一双足球鞋，那是弟弟人生中第一双足球鞋。

有一双合脚的新鞋对父辈们来说是一件奢侈的事。爸爸读初三那个腊月，遇上雨雪天，一双旧鞋陷到了烂泥里，等拔出来，鞋底和鞋帮分了家。爸爸没穿袜子，只能一路光着脚跑到教室喊"起立"。有同学喊：快看快看，咱班长成赤脚大仙了！

爸爸援藏期间，曾被当地部队邀请去辅导军人考大学，部队首长送给他一双黄色的大军靴，里面还有羊毛，又结实又暖和。1982年援藏结束回家，爸爸把军靴也带回来了。这双军靴成了孩子们的玩具，经常穿着走来走去，靴子长度到大腿根。后来不穿了，爸爸没舍得扔，想着留作纪念，把它放到储藏室了。有一年打扫卫生，爸爸发现靴子已然成了老鼠的乐园。

不记得从哪年开始，学生们开始流行穿一种白色的帆布球鞋，橡胶底的。系带的是男女通用的，鞋口带有一块松紧带的是女式的。

这种球鞋磨损度很高，鞋底较薄，弹性也小。那个年代，白衬衣、蓝裤子、白球鞋、军绿色帆布书包、红领巾，就是孩子们最喜欢、最流行的时尚标志。中小学扫墓、节日表演，白球鞋是统一标配。这样雪白的球鞋，是不会舍得拿来踢球的。学校举办运动会时，一排排的白球鞋整齐划一，在阳光下闪着耀眼的白光。

白球鞋虽好看，但不耐脏，每周都要刷洗。那时周末只休息一天，刷鞋晚了晒不干，于是到了周日，孩子们都在忙着刷鞋。刷白球鞋是有窍门的。刷洗干净后，用卫生纸把鞋子全裹上，等鞋晾干了，黄色的印痕就被卫生纸吸附掉了。晾干了再擦上白鞋粉，泛黄的球鞋立马白净如新。

倘若白球鞋被别人踩脏了，就会从讲台上的粉笔盒里拿半截白粉笔，涂在有污迹的地方，鞋子又变白了。

白球鞋对二十世纪六七十年代出生的孩子来说，其吸引力不亚于童话故事里灰姑娘对水晶鞋的渴望。它不仅仅是一双鞋，更像是幸福的代名词，穿上它，就能指引自己通往幸福的方向。

那时的夏天，是风拂过麦田，是上学路上白杨树里的蝉鸣，是摇曳的土豆花的那一抹浅紫，是白球鞋、蓝裙子的旋旋转转。那时，谁还没拥有过一双白球鞋呢，就像谁都拥有过的青春。

如今，穿布鞋的时代渐渐远去，现在的孩子不屑于只穿白球鞋，他们可以随意穿着各种漂亮的鞋子。记忆中的白球鞋早已泛黄，化为年少时代的熠熠星光。

运河从门前静静流过，满眼天波水光。有妈妈在唤儿吃饭，落日余晖洒在奔跑回家的孩子脸上。入夜，大黄狗在屋檐下打着盹儿，抬头看见满天星河。四野静谧，一灯如豆。孩子们在被窝里酣睡，煤油灯冒着黑烟，光影里，是正在做鞋的妈妈。

那是多少中年人一想起来就双眼含泪的画面。

"赶喜"人

十多年前的一个仲春时节,我去临沂出差,正在小饭馆吃饭,忽听对面的大酒楼门前一声巨响,玻璃窗和饭桌都晃了晃。我以为地震了,吓得噌一下站起来就往外跑,一起吃饭的人伸手拦住我:"没事没事,结婚'赶喜'的。"

"赶喜"这词我还是头一回听说,于是饭也不吃了,跑去看热闹。酒店门口立着七八个年长的乞丐,为首的肩背褡裢,拿根打狗棍。那巨响是一个年轻些的乞丐放的"雷子"发出的。听到响声,办喜事的主家满脸笑容快步从里面走了出来,拿棍子的老者就打着竹板唱开了。

"赶喜"这份职业从乞讨演变而来,始于明代,盛于二十世纪六七十年代,是鲁东南穷苦人维持生计的一种方式。类似的职业全国各地都有,只是叫法不同,河南、安徽一带叫"喊喜"或者"讨喜",苏北叫"说喜话",还有的叫"讨喜饭"。

那些年的乞丐,一根打狗棍三尺七,帮主的四尺九,栖身于破庙、窑洞、大桥下。天地是我屋,日月星辰伴我眠,盖的是肚皮,铺的是脊梁骨。

日子苦,也要寻点乐子。人们喜欢说吉话、听吉语。有需求就有市场,不知从何时起,一部分老弱病残者从乞丐队伍里脱离出来,平常乞讨,有办喜事的就上门"赶喜"。他们肩背褡裢,手打竹板,或手拿筷子敲着瓷碗,唱着自编的喜歌,唱完了只要点吃的喝的,能果腹即可,后来发展到要物要钱,钱数从几元到十几元再到几百元不等。

"赶喜"的人数不固定,最早都是一群乞丐一起"赶喜",后来慢慢演变出两人组合,甚至单人"赶喜"。俩人的好分工,一个唱喜歌,一个叫"好",或者说"在""有",有点类似相声的捧哏和逗哏。叫"好"的多是年轻的,当徒弟的,大概讨来的钱物分配也不同罢。他们带着自制的小鞭炮或者"大雷子",结婚之日在新郎家放上一挂鞭炮,再唱上几段喜歌,说些恭喜的吉利话。水平高的"赶喜"人,会根据主家的身份、长相和年龄等及时调整唱词内容。更讲究些的"赶喜"人,则在婚礼前一天晚上就上门放炮贺喜,也是暗示主家提前封好红包,备好烟酒,待他明日"赶喜"时来取。

庙堂有庙堂的生存法则,市井有市井的江湖智慧。也奇了怪了,以前没有手机电话,不管多偏远的村子,不管哪家结婚生子,他们都能找到,且风雨无阻地走在"赶喜"的路上,好像每个村子都安插了他们的眼线似的。有人发出这样的疑问,旁边看热闹的一位大娘接过话:"人家是谁?就是吃这碗饭的!就是阎王爷嫁闺女是哪天也能知道!这叫小鸡不尿尿——各有各的道!"众人大笑。

二十世纪八九十年代,最有名的"赶喜"人是临沂市沂南县杨坡镇南双泉村的双人组合。主唱是个盲人,名叫蒋维柱,人送外号"蒋大仙",说"好"的是个老人。婚礼还未举行,两人就赶到了喜主家附近,看到大家都在忙着,自觉地在大门口墙根处蹲下,一边歇脚,一边察言观色等待时机。那边新人一拜完天地,这边他们不慌不忙，清嗓开唱，人群呼啦一下子就被吸引过来了。"蒋大仙"自编的唱词喜庆、吉祥、幽默，还有浓郁的年代感，句句透着当地的风俗民情和老百姓对美好生活的向往：

> 星期六，上临沂，买辆洋车子不能骑。破洋车子没有把，又缺铃铛又缺闸，俩脚蹬子没一对，两边剩个铁把棍。链子老，牙盘滑，猛一使劲就爬牙。钢丝拧，铁丝扎，辐条断了二十八。

这是搞笑版本，用来热场子的。气氛起来了，大家都聚拢来，"赶喜"人才正式开嗓：

> 响亮响亮真响亮。好！转大街又走小巷。好！小巷转，大街走。好！轿车开到大门口。好！鞭也响，炮也响。好！永久不忘共产党。好！三中全会一改革。好！出门坐上小轿车。好！小轿车，走得快。好！青年"识字班"谈恋爱。好！谈成恋爱上家走。好！婆婆喜得合不上口。好！儿媳妇上前叫声娘。好！好像蜂蜜蘸白糖。好！老嬷嬷，满心欢。好！上前打量女婵娟。好！不高不矮中等个。好！不胖不瘦正相当。好！瓜子脸，红腮帮。好！今天摊个好媳妇。好！您老八辈烧好香。好！

这时候你再看喜婆婆,嘴巴乐得都合不上了。妇女们夸赞着新娘子的美貌,羞得她满脸通红低下了头。涌动的人群不停地鼓掌,甚至也伸着脖子跟着喊"好"。"蒋大仙"又接着唱:

> 新人举目抬头看。好!抬头看见了大彩电。好!大彩电,放正面。好!影碟机,踢踢转。好!录音机,跟着撵。好!轧衣裳机,锁边的。好!小轿车,冒烟的。好!一对新人上班的。好!公公婆婆当官的。好!小轿车,"伏久"的。好!还是外国进口的。好!组合橱,组合箱,八仙桌子明晃晃。好!这个家庭数第一。好!那边放着洗衣机。好!这边角落锃放光。好!那边放着个电冰箱。好!打开柜,取开箱。好!高跟皮鞋十几双,哪双得劲穿哪双。好!新人举目抬头望。好!抬头看见席梦思床。好!男人坐在太师椅。好!女人坐在象牙床。好!男人不住地看媳妇,媳妇不住地看新郎,二人看罢真如意。好!真是一对好鸳鸯……

喜歌唱起来好像就停不下来了。再看那人群,一片片花红柳绿,满眼都是"识字班"花儿一样的笑脸,满耳都是叫好声、拍巴掌声、笑声,把天空中路过的鸟群都惊得四散开了。

"识字班"的称呼是鲁南沂蒙山区独有的，开始特指的是扫盲学习班，参加的基本都是妇女和大姑娘，后来演绎成对未婚姑娘的专门称呼。当地人还编了一句喜感十足的顺口溜：人生三大欢——顺风下坡带"识字班"；人生三大愁——顶风上坡带老头。这里的带，指的是一个人骑车，后座坐着一个人。

"伏久"，其实是当年流行的苏联生产的伏尔加汽车。中华人民共和国成立初期，国家领导人乘坐的车型大都是这个品牌。这更是老百姓眼里最高级的汽车。自行车最出名的是"永久"牌，老百姓记不住伏尔加的名字，就囫囵着叫成了"伏久"牌。

喜歌到了收尾部分：

> 喜主家，满心欢。好！万年永世好江山。好！喜主家，怪高兴。好！喜酒喜菜往外送。好！喜主家，怪喜欢，说好今天赏喜钱。好！喜钱涨到一百六。好！一对新人过起来没有够。好！喜钱涨到一百八，自古到今头一家。好！喜钱涨到二百二，一对新人过得恣。好！喜钱涨到二百八，说好说了四千家。好！走到哪里哪里夸。

说得好夸得好，头一胎上抱双小（小就是男孩）。好！烟有价炮有价，有钱难买吉利话。

到了给喜钱的时候，如果"赶喜"人觉得钱不够多，就站在那里不走，笑着问："还升不升啊？"就是要不要加钱的意思。因为"升"和生孩子的"生"是谐音，渴望子孙满堂的喜主哪敢说不升，满脸堆笑继续掏钱。

还有一种"赶喜"人，往往是自己单打独斗，钱物赚的也少些，但唱词一样出彩：

> 一出日头紫皑皑，一对学生下山来。前面走的是梁山伯，后边跟的是祝英台。梁山伯走得急，祝英台跟得快。走学堂，上学堂，学堂里面有个影壁墙。影壁墙上梧桐树，梧桐树上落凤凰。公凤凰，母凤凰，这枝跳到那枝上。公凤凰含着绫正草，母凤凰正在窝里忙。一孝公，二孝婆，生个儿子考大学。上了大学上北京，到了北京考了一个研究生。研究生，要出国，顺着中国上外国。到了外国看一看，最后考到国务院……

> 东家东家发发财，前门进金子后门进银子。金银堆成山，门口竖个大旗杆。大旗杆上落凤凰，凤凤凰凰一拜头，先盖瓦房后盖楼。

喜歌唱罢,遇到大方的喜主,还能讨到没拆封的"大鸡"烟和"沂河桥"白酒。

在临沂的地界,儿子结婚,如果没"赶喜"的上门,是不吉利的。大厨炒完菜,就要客串一把"赶喜"人,唱上一段喜歌。端菜的小青年嘴里叼着烟,嬉皮笑脸喊着"好"。

"十里不同风,百里不同俗,千里不同情。"河南"讨喜"和山东规矩不一样,唱词也不一样,比较有名的是河南新蔡莲花落传人宋杰。人还在门外,就先作揖道喜,紧接着放上一挂小鞭,笑意盈盈,伸着脖子卖力地喊上了:

> 炮炸金钱响,花开满堂红,拨开十字月,喜事一大成。来路的江湖。有!遇路的宾朋。在!想吃老东家上马喜酒、下马喜菜。仅走三步,应声喜来。来!一进头门喜相逢,高挂银灯接彩蓬,八步堂前铺锦绣,献出五爪闹金龙。只有金龙盘玉柱,哪有玉柱盘金龙,盘来盘去娘婆二家,满堂喜红。喜!昨天夜晚灯花爆,今天喜鹊拦门叫。一轿之喜,两轿之欢,两家喜事共一班。东方红云起,西方紫云开,两个云头来相会,当中献出媒官来。说媒官,道媒官,前朝有个苏秦大人不

一般，能说三国不反，能说六国不乱，能说娘婆二家，喜笑连天。铜锣皮鼓闹宝春，花花宝轿贵人登……

苏秦是战国人，是游说六国的纵横家和外交家。"头悬梁锥刺股"中，那个因深夜苦读时犯困，用锥子扎自己大腿的狠人就是苏秦。能把苏秦编进唱词里，说明"讨喜"人还是有点学问的。

还没唱完，主家拿着喜烟、喜酒、喜钱来接喜了，嘴里连声说着感谢的话。"讨喜"人说着话作着揖，又接着唱道："当面打封子，来年生公子。当面看一看，来年生状元。今年吃喜酒，来年吃喜面，新娘子抱出一对小状元！"这几句算是买一送一，赠送的。这时候你再看主家，乐得大白牙呲着，嘴都要咧到耳根了。

有的喜主会派个内行的支客出来接喜，支客就和"讨喜"人用江湖隐语一问一答。支客问，您是坐轿来的还是骑马来的？若答坐轿来的，就是只管吃喝；若答骑马来的，就是除了吃喝，还要奉上喜烟、喜酒，有大方的还会封个红包；若是回答我既没骑马也没坐轿，骑马马削四蹄，坐轿轿没有轿底，我打算揭地，意思是不在这吃，多少给点钱直接走人；如果说是划船来的，就是只要酒水，也不吃饭，也不要红包。客走东家安，一场"讨喜"仪式圆满结束，皆大欢喜。

　　几十年后的今天，再用文字记录下这些鲜活生动的风俗民情，怎么看都像是一种仓皇的弥补了。"赶喜"作为传统乡土文化中鲜为人知的存在，已难讨现代人的欢喜，却像开在寂寞山谷里的野花，在几代人的记忆深处独自芬芳。

走亲戚

"一年不走亲疏远，三年不走亲自断。"早些年走亲戚重在走字上，走亲戚走亲戚，亲戚越走越亲。多远的路都是靠人的两条腿走出亲情的。新雪初霁的大路上，走亲戚的多如蝼蚁。挑担步行的、骑自行车的、拉地排车的、开农用车的，三五成群，南来北往，川流不息，像百姓集体徒步。那是民间正月里最喜庆美好的原风景。

进了腊月，过年的气氛一日比一日浓烈，家家张灯结彩，鞭炮声日夜不歇。北方农村的冬天是闲适的，地里没活了，屋里有米有白面，院里有柴有鸡鸭，地窖里还有白菜、萝卜、地瓜，炸货堆满了筐，走亲戚的礼品也买好了。山东人勤俭，一年到头拼命干活，骨头都苦断了，每一分钱都是汗珠子掉地上摔成八瓣挣出来的。只有到过年，才一下子"铺张"起来，烟酒糖茶备好了，新衣服叠好放在枕头边上，平常舍不得买的吃食也买来了。

气氛都烘托到这里了，在外谋生的男人们也大包袱小行李地回来了，穿得体体面面，见面互相敬着外地买来的好烟，接过烟不急着放嘴里，先眯着眼睛放鼻子底下深嗅一口。孩子们有了新衣、新玩具和鞭炮，成群地疯跑。除了扫屋、洗澡，女性长辈们还要相约着去烫头发。拖拉机拉着满车婶子大娘去镇上，烫的清一色的羊毛卷。回来的路上，熟人远远看见了："二哥，大过年的你这是拉了一车小绵羊吗？还怪俊咪！"大娘们笑骂："你个小熊羔子，没大没小！"

家家都在走亲戚的路上，从大年初二拉开大幕，哩哩啦啦一直走到正月十五。累了一年的男女老少，有钱的没钱的，都放下一切烦恼，尽享亲情的欢乐。一代亲，二代表，三代四代走没了。孩子们去看姥姥，姑爷去看老丈人，侄子要去看姑姑，外甥去看舅舅，去看姨。你是人家的舅舅，还可能是人家的姑父、姨夫。先看丈人再看舅，姑父姨父排在后。

走亲戚　215

走亲戚多是走的母亲这边的亲戚。以前极少有人远嫁，母亲的兄弟姐妹出嫁迎娶的范围大都散落在以姥姥家为中心的方圆一二十里之内，走着并不算远。

步行走亲戚的，一路上遇到同样步行的人，认识不认识的都要打个招呼。聊着聊着，居然还是沾亲带故的远亲，关系立马更近了一步。正好去的村子也顺路，于是欢欢喜喜结伴而行。

二八大杠的自行车是走亲戚的标配，再破也要擦得锃光瓦亮，链条滴上机油。大梁上坐俩半大孩子，爸爸骑着，妈妈怀里抱着小的坐后座。车把上挂着黑提包，印着"上海"两个大字。后座两头还要绑着篮子或者筐子，里面装的是白酒、罐头、点心、挂面、自家蒸的面鱼、红枣馒头、钙奶饼干、白糖等。鸡蛋怕摔了，通常要一个个埋在麦麸里小心护着。

点心有老式的蛋糕、桃酥，还有一种叫花馃子，里面有江米条、蜜三刀、羊角蜜、老来轻等。一包花馃子，通常用草纸包成方形，上附一张红色的馃签，用纸茎绳扎成十字花。加了馃签的点心瞬间有了韵致，这是最受孩子们喜爱的点心。江米条外面裹着糖霜，微甜、香脆，吃多了也不觉得腻口。羊角蜜是羊角状的，里面的糖稀可以拉出丝来,齁甜齁甜的。蜜三刀有芝麻,香甜软糯。白糖大都买散装按斤称的,头天晚上自己装袋,用钢锯条在蜡烛上烤热了封口,这样一斤能省下几分钱。

走亲戚的路途并不美好,北方的冬景也不讨孩子们欢喜。天是灰蓝的,小麦被积雪盖着,一路都是光秃秃的树枝,鸟窝像树的眼睛,裸露着镶嵌其中。河如玉带,黄草连坡,沟壑间的积雪似国画里的留白。土路蜿蜒曲折,大坑套着小坑,混了积雪,人车一过,越发泥泞,走一段还要把车子推到平路上,顺手折一根树枝,把车轮上的厚泥刮掉再继续赶路。遇到上坡,老婆们还要抱着娃娃,跟着自行车跑一段。

一路颠簸,瞌睡虫很快就来了。这一瞌睡不要紧,坐前面的孩子被手刹夹了手,坐后座的被后辘轳别了脚,还叫车座子下面的弹簧挤了手。再不然刚在后座上坐稳了,被大人遗忘了,一个扫堂腿从后座直接扫地上摔个屁股蹲儿。有一回去姥姥家,我的脚别在后辘轳里了,疼得大喊,爸爸还以为车轮被石头卡住了,站起来使劲蹬。到了亲戚家下了自行车,因为腿麻脚麻,鞋底像有半尺厚,人一动也不能动,一动就全身酥麻,

像触电一样，要好一会儿才能缓过劲来。

有的孩子非要坐后座，喊着冻手，把手伸到爸爸后背上暖着。爸爸觉出孩子打盹了，一边骑一边喊，别睡着别睡着，不然掉下去了！喊着喊着就听咚一声，真掉下去了！

因为坐久了腿麻，半路上掉了鞋也不知不觉。刚掉的还调头回去找找，若到了亲戚家才发现鞋没了，也就算了，让亲戚找一双旧鞋穿上。

自行车也没有的人家，就拉着地排车。老婆孩子坐车上，身上裹着盖体，孩子们嘴里吃着零食，冻得鼻涕老长、脸蛋通红，一路上东张西望。

我们还没进村子，远远地看到表弟表妹已经在高岗上候着了。姥姥、姥爷闻声从门槛处迈出腿，连声招呼："可来了乖乖，可来了乖乖，赶紧上屋暖和暖和。"说罢接过礼品和车子，拉进屋围着炉子烤火。男人们嗑着瓜子吃着花生，抽烟喝茶拉大呱，女人们去锅屋打下手，顺便打听着谁家孩子该找对象了，哪里有合适的，帮着牵线搭桥，开枝散叶。孩子们给长辈磕了头，欢欢喜喜领了压岁钱，口袋里塞满了糖果，很快跑得没影了。

终于开饭了。鸡鱼肉蛋是少不了的。省吃俭用了一整年，肠胃里没点荤腥，嘴里快淡出鸟来，好不容易熬到过年了，谁也不能拦着，说啥也要放开肚皮可劲地造几天好东西，来个"好肚油肚"，一醉方休。早些年家家都穷，过年时，临沂一带有用黄鲫子咸鱼煎鸡蛋凑数招待客人的，谐音鸡鱼肉蛋都占全了。客人只吃边上的鸡蛋，几乎不动咸鱼，下一拨客人来了，再用咸鱼煎鸡蛋，如此反复用好几次，最后再把鱼吃掉。

走亲戚

有的馋嘴小孩不懂事，一筷子下去把鱼吃了，家人干生气还不能打他。

吃罢晚饭，走亲戚的就动身往家走了。免不了又是一番撕扯——亲戚们是断然不会让人空着手回去的，这是祖辈传下来的老理、规矩。拿来的礼品每样留下一份，再把自家稀罕的东西添上一两样，大包小包地又把篮子塞满了。去姥姥家总是天黑了才往家走，还要一步三回头，长大了才明白，那是妈妈从小长大的家，妈妈，也会想她的妈妈啊。

连续一两顿喝下来，男人们个个喝得醉马刀枪地，还要硬撑着骑车子带老婆孩子回去。你不醉俺不醉，绿绿的麦地谁来睡？大路边、路沟里、麦地里，到处是醉倒的壮汉和撒落的馒头、点心。再不然就连人加车一头扎进草垛里，满头的干草。住路边的村人都端着碗跑出来看热闹。老婆免不了一顿数落："不让你喝这么多偏喝这么多，就你谝熊能！"男人们也不恼，摇头晃脑地爬起来，这时老婆就成了"代驾"，骑上车带着男人和孩子。那时候路上极少有汽车路过，倒也安全。

走完至亲，还有一些瓜蔓子远亲、好友至交，多日难见,但是关系好,也要趁过年走动走动。有一年,奶奶领着我提着一篮子鸡蛋和两包点心,沿着运河边走了很久很久,去看望一个同样从南方嫁来的老姊妹。俩人见了拉着手说话,聊到见不到的娘家亲人,又哭又笑。临走,那奶奶还把新买的一朵绒花给我戴在了头上。

终于过了正月十五,所有的亲戚都走完了,转了好几圈的馓子碎了,枣馒头裂了,原本包得方方正正的点心,四个角也被揉搓破了。最最奇妙的是,有一包我妈妈做了记号的点心,在亲戚家转了一圈又回到我家里来了!再打开点心看看,大都会少一些——那是调皮的孩子们偷偷拆开吃一两块,自以为神不知鬼不觉,又原样封好。点心到了每家都被孩子们偷拿一两块,到了最后一家就剩下大半包了。大人们心里明镜似的,也不拆穿,咧嘴笑着,招呼孩子们过来分着吃了。

花开过几重,雁来过几回。千百年来,一代一代人通过走亲戚,把血脉亲情串联起来,把传统文化延续下来,互通有无,扶持帮衬。日子虽清寒,但未来充满希望,个个精神抖擞着,奔向下一个春天……